A consulta

F✷SF✷R✷

KATHARINA VOLCKMER

A consulta

(Ou A história de um pau judeu)

Tradução
ANGÉLICA FREITAS

À memória de David Miller,
em cuja cadeira escrevi este romance

SEI QUE ESTE TALVEZ NÃO SEJA o melhor momento para mencionar o assunto, dr. Seligman, mas acabo de lembrar que uma vez eu sonhei que era o Hitler. Ainda fico com vergonha de falar sobre isso, mas eu era ele mesmo, e discursava do alto de uma sacada diante de uma multidão de seguidores fanáticos. Eu estava usando aquele uniforme com calças bufantes engraçadas, conseguia sentir o bigodinho no meu lábio superior e a minha mão direita voava pelo ar enquanto eu hipnotizava todo mundo com a minha voz. Não lembro exatamente o que falava — acho que tinha alguma coisa a ver com Mussolini e algum sonho absurdo de expansão —, mas não importa. O que é o fascismo, afinal, se não uma ideologia com um fim em si mesma? Não traz nenhuma mensagem, e no final os italianos derrotaram a gente nesse quesito. Não consigo andar mais de cem metros nesta cidade sem ver as palavras *pasta* ou *espresso*, e a bandeira horrorosa deles está pendurada em cada esquina. Não vejo a palavra *Sauerkraut* em lugar nenhum. Nunca poderíamos manter um império por mil anos com a nossa culinária deplorável; há limites para o que se pode impor às pessoas, e qualquer um se livraria do cativeiro depois de um segundo prato daquilo que chamamos de comida. Sempre foi o nosso ponto fraco, nunca criamos alguma coisa para ser desfrutada gratuitamente — não é à toa que não existe uma palavra em alemão para o prazer, só conhecemos o desejo e a alegria. Nossa garganta nunca fica molhada o suficiente para chupar alguém com gosto porque nos criaram à base de muito pão seco. Sabe aquele pão horrível que comemos, falamos dele pra todo mundo como uma espécie de mito que se autoperpetua? Acredito que seja uma punição divina por todos os crimes que cometemos, aquele país nunca vai produzir nada tão sensual como uma baguete, nem úmido como os bolinhos de mirtilo que servem aqui. Esse é um dos motivos que me fizeram ir embora: não queria mais ser cúmplice da mentira do pão. Mas, enfim, enquanto eu sustentava o que hoje teríamos de chamar de discurso de ódio, sentia que os aplausos orgiásticos que vinham lá de baixo serviam como uma pobre compensação pelas minhas evidentes deformidades. Eu estava absolutamente consciente de que não parecia nem um pouco com o ideal ariano exaltado sem parar todos aqueles anos, chegava a doer. Quero dizer, eu não tinha um pé torto, mas ainda assim nem todos os judeus mortos do mundo e nem mesmo meu alegado vegetarianismo me qualificariam para um daqueles filmes sexies da Riefenstahl. Eu me sentia uma fraude. Ninguém tinha notado que eu parecia uma batata velha com cabelo de plástico? Ainda consigo sentir a tristeza daquele dia, quando acordei e soube que nunca seria um daqueles meninos alemães loiros e lindos com um corpo grego e a pele que doura maravilhosamente à Sol, a sensação de que nunca seria o que sentia que deveria ter sido.

Não que eu sinta pena de Hitler, continua não sendo aceitável exterminar uma civilização inteira só porque a gente se sente infeliz no próprio corpo e porque essas pessoas representam o que a gente odeia em nós mesmos, mas isso me fez pensar sobre a vida privada dele. O cotidiano de Hitler. Já parou para imaginar o Führer de pijama, dr. Seligman, acordando com o cabelo todo desgrenhado, tropeçando pelo quarto enquanto procura as pantufas? Tenho certeza de que alguma pessoa lamentável escreveu um livro sobre a vida doméstica dele, mas ainda prefiro imaginar essa vida eu mesma; livros só encontrariam uma maneira de torná-la um tédio. Consigo ver os lençóis com estampas de suástica e o pijama combinando, tudo, até a tigela de café da manhã combinando. Uma vez vi um conjunto assim na Polônia, numa daquelas lojas bizarras de antiguidades inteiramente dedicadas a objetos que pertenceram a seus algozes; vendiam tigelas e pratos com pequenas suásticas no fundo. Parecia praticamente um universo degenerado da Barbie; quem tivesse poupado o suficiente poderia comprar uma vida novinha em folha, toda combinando. Conseguia imaginar até comerciais de TV com um boneco reluzente do Hitler num daqueles cavalos resplandecentes, resgatando uma digna alemã das mãos de algum judeu lascivo, cavalgando em direção ao poente, com a raça protegida e a salvo. Por mais experientes que fossem quando se tratava da mídia, acho que perderam uma oportunidade de marketing, imagine quanta diversão as criancinhas alemãs não poderiam ter tido com um campo de concentração de Lego chamado Freudenstadt — construa seu próprio forno, organize suas próprias deportações, e não se esqueça de conquistar suficiente *Lebensraum.** Poderiam até ter investido numa linha para adultos; além de todas as luvas e abajures feitos de pele humana, poderiam produzir plugues anais com temática equestre feitos com autêntico cabelo de ini-

---

* Em alemão, "espaço vital". Conceito firmado por Friedrich Ratzel para se referir, em geopolítica, ao espaço necessário para expansão territorial de um povo, de acordo com o equilíbrio entre necessidades e recursos naturais. Hitler usou o termo de argumento para avançar com a marcha alemã sobre a Europa. (N.E.)

migos. Mas acho que já perdemos esse bonde. Não quero ofender, dr. Seligman, ainda mais agora que o senhor está com a cabeça entre as minhas pernas, mas não acha que o genocídio tem um quê de pervertido?

Num desses dias, quando estava voltando para casa, uma pessoa havia se jogado debaixo do metrô, alguém que queria partir com estardalhaço para esfregar na cara dos demais passageiros como um derradeiro gesto em nossa guerra moderna do desespero. Então tive de voltar caminhando por uma daquelas áreas de Londres onde moram pessoas de gerações mais velhas, com mobília de verdade e banheira limpa, áreas com aquelas lojas de brinquedo iluminadas que fazem a infância parecer uma invenção francesa, e aqueles jardins na frente das casas onde a primavera parece chegar mais cedo que em qualquer outro lugar do mundo. Gosto principalmente daquelas flores escuras de magnólia, são tão elegantes, quase púrpura! Já viu essas flores, dr. Seligman? Ninguém sonharia em despejar o lixo na frente daquelas casas: mesmo as naturezas mais brutas ficam delicadas; já a entrada da minha garagem está constantemente sujeita a transgressões alheias: quando espio por entre as cortinas de manhã eu encontro de tudo, de congeladores enferrujados a velhas nécessaires de maquiagem e brinquedos usados. Eu me pergunto o que faz as pessoas pensarem que vou me regozijar com seus objetos quebrados, e quase tornei pública a minha humilhação com um bilhete pedindo que parassem, o que é quase tão ruim quanto pedir comida ou calcinha limpa. Já tentou fazer alguém respeitar as suas necessidades humanas básicas? Não estou pedindo nada extraordinário como sexo com dignidade ou emoções verdadeiras; pelo menos me deixem alguma coisa divertida de vez em quando, mas isto me faz sentir como que possuída por alguma fada perversa que resolveu que nenhum príncipe chegaria a ver minha janela e que todos os meus sonhos cheirariam a mijo de raposa e pareceriam o tipo de plástico que a gente vê nos documentários sobre como matamos a Mãe Natureza. Eles se tornam objetos de culpa e repulsa, e à noite tento pegar no sono sem ter uma visão clara do futuro. É por isso que há muito deixei de ir àquelas partes da cidade que são caras demais para mim, onde todos os meus fracassos se mostram com uma lente de aumento e que me lembram de todas as coisas que meus pais nunca vão perdoar. Por que não abri minhas pernas no momento certo, não cuidei mais do meu corpo e não casei com um daqueles homens que têm pés de magnólias escuras no jardim de casa? Eu poderia ter sido uma daquelas mulheres sentadas nos cafés chiques, sem nada com o que se preocupar. Seria como morar numa loja de chocolates, dr. Seligman. Acho que é por isso que os ricos sempre têm cara de que acabaram de ser comidos com uma cinta peniana feita sob medida enquanto no quarto ao lado outra pessoa passava a ferro seus lençóis recém-lavados. É por isso também que os filhos deles são menos feios; porque podem ser sustentados, porque sabem que têm o direito de estar lá. Deve ser assim que a superioridade funciona. O senhor acha que acabou sendo um erro eu vir a seu consultório, dr. Seligman?

Mas não tenho medo do que estamos prestes a fazer, dr. Seligman. Não tenho medo de morrer ou coisa parecida. Sei que posso confiar no senhor, e que a morte é silenciosa. Não são nunca as coisas barulhentas que nos matam, as coisas que nos fazem vomitar, gritar e chorar. Essas coisas só estão pedindo atenção. São como os gatos na primavera, dr. Seligman; eles querem sentir nossa resistência, nos acordam à noite e escutam a melodia dos nossos palavrões, mas não nos querem mal. A morte é tudo o que cresce dentro de nós, tudo o que vai finalmente explodir, abandonando seus circuitos naturais e inundando tudo o que precisa respirar. As infecções que supuram na surdina, os corações que se partem sem aviso. É aí que se equivocam todos aqueles filmes e programas de TV com sua violência pornográfica, dr. Seligman; raramente as pessoas são mortas assim. Já está dentro de nós a maneira como vamos morrer, não há nada que os outros possam fazer a respeito disso; da mesma forma que, a partir de certa idade, todas as pessoas que vamos magoar e com quem vamos trepar já estão caminhando sobre o planeta. Sempre achei essa ideia estranha, que a nossa vida inteira já esteja basicamente aqui. É só o nosso conceito de tempo que obriga a gente a ter um ponto de vista linear. Mas é por isso que não estou com medo, dr. Seligman; sinto que não é o meu destino morrer em suas mãos. Elas são delicadas demais para deixar sequer uma cicatriz.

E não é que eu nunca tenha me apaixonado, dr. Seligman. Sei que não consegue me compreender muito bem, mas não quero que pense que sou uma dessas pessoas sem sentimentos ou empatia. É que me apaixonar nunca foi fácil; nunca foi o exercício previsível que é para a maioria das pessoas, porque o meu amor nunca correspondeu à minha realidade. Porque nenhum amor sobreviveu à imagem que eu tinha dele. Porque K. não sabia como lidar com as palavras. Portanto, fiquei sozinha a maior parte do tempo; tão sozinha, na verdade, que quase fiz uma bobagem esses dias, uma coisa que teria me feito parecer ainda mais ridícula, e tudo porque de repente lembrei do meu coração partido e pensei que escrever aquela carta faria o destino se arrepender de algumas decisões. É uma de minhas muitas deformidades sempre pensar no destino como uma pessoa gorda e dramática deitada numa chaise longue, fazendo carinho num bicho de estimação patético, esperando que seus caprichos sejam realizados. Sempre acho que existe uma maneira de chegar até ela, de influenciar as suas decisões se eu puser um brinco especial ou se não pegar determinado trem. Ou se pensar numa maneira incrível de cometer suicídio. É só o meu jeito de me negar a aceitar que ninguém ouve os meus pensamentos e que a maior parte da minha vida transcorreu num vazio escuro. Sei que não faz diferença se levanto da cama com a minha perna direita ou com a esquerda, não existe um mecanismo superior em funcionamento e eu poderia muito bem decepar uma perna ou passar ácido na minha escova de dentes. De todo modo, a pessoa na chaise longue nem piscaria e me mandaria seguir o meu caminho banal; nem lembraria meu nome. Às vezes consigo ouvir quando ela oferece uvas a seu bicho de estimação patético e me arrependo de ter nascido nesta pele humana feia. Imagine se o senhor fosse o bicho de estimação de alguém, dr. Seligman; o tipo de amor incondicional que inspiraria. A pessoa faria qualquer coisa pelo senhor: deixaria o aquecimento ligado no inverno mesmo que não tivesse como pagar, e quando o senhor vomitasse nos seus sapatos preferidos, ela limparia tudo com um sorriso. E daí, um dia, quando o senhor não aguentasse mais, poderia correr para o meio do trânsito e ser atropelado diante dos olhos dela e partir seu coraçãozinho miserável. Mas pelo menos assim não deixaria nada para trás, a não ser talvez uma coleira e algumas cobertas favoritas, nada que não pudesse ser enterrado com o senhor em algum lugar no fundo do jardim. Não haveria herança, nada que seus descendentes tivessem que administrar além das noites vazias e aqueles passeios que não serviriam mais a um fim. Não estaria na minha situação, ou da minha família, dr. Seligman. Agora que meu avô está morto, temos de lidar com a vontade de um velho que era um estranho para nós, e, quando vi minha mãe no funeral, semana passada, pude perceber como ela estava transtornada, e não só por causa do meu estado.

E mesmo assim quase escrevi aquela carta ao sr. Shimada. Sei que as pessoas podem se viciar em brinquedos sexuais, que, caso se proporcionem em excesso aqueles orgasmos grátis, elas acabam perdendo a sensibilidade e as interações reais deixam de ter sentido. Mas sempre quis ter um amigo epistolar, dr. Seligman; costumava responder àqueles anúncios quando era pequena, mas ninguém me escrevia de volta. Aquelas criancinhas alemãs devem ter percebido que havia alguma coisa errada comigo já naquela época, ou talvez só tenham pensado que eu era um pedófilo disfarçado. Enfim, queria muito me corresponder com o sr. Shimada sobre os seus robôs, ou, para ser sincera, queria perguntar se ele fabricaria um robô para mim. Eu vi o sr. Shimada na TV falando sobre as maquininhas de sexo que ele havia projetado e criado, e ele parecia muito entusiasmado com o panorama. Era como um salvador moderno, Jesus com um dildo ambulante. Sei que esses robôs são projetados para satisfazer as necessidades sexuais dos homens, porque os homens naturalmente têm o direito de serem satisfeitos, mas qual a dificuldade de construir um deles com um pau eletrônico, para variar? O senhor deve achar isso profundamente triste, dr. Seligman — quase posso sentir que franze a testa aí embaixo —, mas só precisaria mexer um pouco nele, tirar os peitos, fechar um dos buracos, e o rosto não importa muito. Não acha que seria melhor se todo mundo pudesse trepar com seu próprio robô? Imagine se todo mundo se satisfizesse e não fosse mais preciso justificar nossos desejos. Mas daí provavelmente viriam com uma explicação absurda sobre o perigo dos robôs masculinos ou sua inutilidade, pois as pessoas que não têm pau sempre podem encontrar alguém ali na esquina. Como as pessoas sem pau precisam ser controladas para que as pessoas com pau não se sintam intimidadas, porque por alguma razão é ruim que os homens se sintam intimidados. Mas o meu desejo não é político, dr. Seligman; faz muito tempo que parei de me importar com a violência universal que afeta o meu corpo. Só estou cansada, e a ideia de poder me concentrar apenas no meu desejo parece um sonho há muito perdido. Poder desligar o meu companheiro quando não me restam mais emoções. No fim não tive coragem, fiquei preocupada que o sr. Shimada me achasse uma aberração. Sei que ele deve receber muita correspondência estranha, mas a ideia de ser julgada por alguém que constrói manequins fodíveis do outro lado do mundo me incomodava muito. E eu nunca estive no Japão e nem sei quais seriam as formalidades lá. Se tivesse tentado explicar todas as minhas particularidades, a maneira como pretendia usar o meu robô, teria sido uma carta muito longa e ele poderia ter se aborrecido muito, e nem terminaria de ler. Ou talvez as minhas particularidades sejam tão banais quanto as de qualquer pessoa; também deve haver corações partidos no Japão, não acha? Pensando bem, dr. Seligman, tenho certeza de que o sr. Shimada entenderia, e quando tudo isso acabar eu talvez escreva a ele. Quero dizer, por que outra razão alguém treparia com um pedaço de plástico se não fosse para manter o coração a salvo? Tenho certeza de que ele vai se convencer e construir o meu pauzinho falante. Já fez intimidades com um objeto, dr. Seligman? Sempre tive medo de inserir no meu corpo uma coisa que funciona com eletricidade, medo de me eletrocutar lá embaixo e ser encontrada na mais infeliz das posições. Imagine as manchetes: mulher solteira com dois gatos morta por vibrador defeituoso, o que poderia ser mais trágico? Tem conhecimento de casos assim? Quero dizer, sei que existem garantias e que o Japão não é a China e que eles produzem tudo com altíssimos padrões de qualidade, mas até hoje nunca me atrevi. Ou, para ser sincera, já que este é um exame médico e a informação pode ser relevante, no máximo inseri uma banana na minha vagina. Uma dessas bananas com a casca bem grossa e com aquelas bordas que parecem veias pulsantes. Odeio pensar nisso agora, mas na época me dava tesão e parecia pouco arriscado. Mas o resultado foi decepcionante. Tudo ficou muito seco e depois de um tempo cansei dos meus próprios movimentos. Foi antes de saber que a gente pode passar lubrificante em quase qualquer coisa e finalmente entender por que as pessoas dão entrada no hospital com a metade da sala de estar enfiada no cu. Penso que é isso que a solidão faz com as pessoas, dr. Seligman. Elas esquecem como expressar seus desejos.

Acho que está prestes a nevar, dr. Seligman. Essas nuvens parece que vão explodir, e mais cedo, quando vim andando até aqui, senti aquele ar de inverno. Sabe aquele momento no fim da tarde quando um tipo especial de cinza como que se integra à atmosfera, está prestes a engolir a luz e é impossível diferenciar o que se vê do que se sente? Quando está tão frio que a gente vê o calor saindo do corpo das pessoas? Mas em outros dias o senhor deve ter uma vista bem bonita daqui de cima. Costuma sentar naquele parque que dá para ver da sua janela, dr. Seligman? Quando eu ainda tinha um emprego, sentava no parque perto do trabalho na hora do almoço, aquele tipo de parque bonito que os alemães já teriam vandalizado, mas que os britânicos tratam como um espaço sagrado, com flores de verdade e cachorros amigáveis. Mas agora já não vou mais. Tenho medo que as pessoas notem o que está acontecendo comigo, e se me sentasse lá no meu estado atual, me sentiria uma fraude. O outro motivo que me fez parar de ir ao parque é que ser obrigada a escutar as conversas das pessoas me virava o estômago. Nada mais nos faz perceber com tanta brutalidade como a vida é realmente banal. Se falo comigo, posso passar por cima de alguns detalhes, mas quando me exponho ao estúpido falatório alheio, sou imediatamente possuída por uma vontade gigante de me matar, já que não posso mais ignorar que não passamos de uma estrela moribunda à deriva num vazio infinito, indignos da luz solar que nos mantém vivos. Por mim a Sol poderia explodir nesse minuto e pôr um fim nesta estupidez atroz. Até pensei em nunca mais abrir a boca. Para o senhor deve ser difícil me imaginar assim, dr. Seligman, mas não queria mais ser parte da poluição oral. Quando ainda me sentava no parque, sempre torcia para que os pombos cagassem naquela gente cretina, para que as pessoas fossem marcadas e manchadas por tudo de ruim que tinham feito, por não terem percebido que a "personalidade" delas não era mais que camadas substituíveis de cocô. Também era só assim que eu conseguia me ver como uma dessas mulheres que alimentam pombos, imaginando o pão e as sementes que oferecia aos pássaros transformados numa merda horrorosa marrom-amarelada que aterrissaria na cabeça, no casaco e na comida das pessoas. A merda as impediria de produzir mais baboseiras, e haveria um momento de silêncio, ainda que breve, quando se escutaria apenas o desespero delas e o arrulhar satisfeito dos pombos. Esses são os meus sonhos, dr. Seligman, e se o senhor parar para pensar, são esses pequenos atos de vingança que fazem toda a diferença, e devagar e sempre os pombos destroem as fachadas das nossas cidades mais amadas com sua incessante chuva de merda. Pense nas gárgulas da Notre-Dame ou naqueles palácios de Veneza derretendo sob essa chuva ácida natural, e lá perto encontrará uma mulherzinha alimentando os pombos, sorrindo diante de mais uma vitória. Imagine se os nazistas tivessem sabido disso. Parece que tentaram treinar abelhas, mas não sei para que finalidade; talvez para farejar judeus e picar todos até a morte. Mas se Hollywood não usou essa ideia ainda é porque não deve ser verdade. Como poderiam resistir a um filme com o título *Os apicultores de Hitler*, se a maioria dos títulos Hitler-e-etc. possíveis já foram usados? Eu mesma espero *O cortador de unhas de Hitler* e *A verdadeira história por trás do corte de cabelo de Hitler*.

Mas tenho certeza de que eles dispunham de pombos-correios para enviar aquelas estúpidas mensagens em código, e também de que não estavam a par do poder de destruição do cocô dos pássaros. Superiores como sempre, os suíços sabem. Uma vez li em algum lugar que Zurique contratou um homem para andar pela cidade atirando nos pombos em plena luz do dia. Eu me pergunto se isso inclui as mulheres que alimentam os pombos, como fontes da expressão feminina irrestrita, oficialmente infodíveis como as bruxas e as freiras e, portanto, livres demais. O senhor acha que os suíços são capazes de tamanha higiene? Mas não é preciso ter medo de mim, dr. Seligman, mesmo. A sua assistente me contou que o senhor é muito meticuloso e que isto poderia demorar um pouco, principalmente as fotos, então não quero que se preocupe, porque continuo achando que os motivos da minha demissão do trabalho foram mal interpretados, e não é justo dizer que tenho problemas em conter a raiva. Estava com raiva naquele dia, claro — foi antes de começar a tomar os meus hormônios —, mas ser suspensa assim, quando não fazem ideia de como as coisas são pra gente como eu? E não acho que uma pessoa balançando um grampeador no ar e ameaçando grampear a orelha de um colega na mesa possa de fato ser considerado um gesto violento. Não com aqueles grampeadores, pelo menos. Duvido que já tenham tentado grampear carne humana, e a uma mesa sólida, com uma dessas coisinhas duras de plástico. Provavelmente havia mais risco de eu perder a visão com um grampo perdido, mas claro que isso não importava para eles. Nem precisa se perguntar se alguma vez nos ofereceram óculos de proteção. Sabe-se lá quantas pessoas serão vítimas de todos aqueles itens baratos de papelaria. Mas já não sinto pena. Que sejam envenenados de tanto morder aquelas canetas horríveis que transformam qualquer caligrafia numa coisa lastimável. Porque o pior não foi perder o emprego —

nesta cidade se passa fome de qualquer jeito —, mas terem me feito procurar um terapeuta chamado Jason, porque senão eles dariam queixa. Pode imaginar falar sério com um terapeuta chamado Jason, dr. Seligman? Um cara que também poderia se chamar Dave ou Pete, com o tipo de rosto que se adapta a qualquer coisa, como um desses professores de ioga que sorriem em meio a qualquer atrocidade porque sabem que o universo apoia a causa deles, e que se a Sol pudesse escapar de si mesma e girar em torno deles, ela giraria. É por isso que pessoas como o Jason acham que podem perdoar todos esses erros humanos mesquinhos, e é por isso também que decidi mentir para ele.

Eu não fazia ideia da linha teórica do Jason, mas achei que ele se irritaria se eu falasse da minha fixação sexual pelo nosso querido Führer e dissesse que a incapacidade de conseguir satisfazer os meus desejos havia me despertado raiva e me feito desejar grampear o lóbulo do meu colega na mesa. Não podia contar a verdadeira natureza dos meus sonhos e todas as coisas que estavam erradas com o meu corpo, e depois de algum tempo comecei a gostar de verdade da minha história. Já quis ser escritora, dr. Seligman, e inventar uma narrativa dessas foi uma experiência linda. No final, o Jason mal podia esperar para terminar nossas consultas, dava pra perceber. Acho que não existe nada mais desagradável que uma perversão não compartilhada; além disso, estar preso numa sala com uma alemã que fala sozinha em um estado semiorgiástico ao imaginar ser açoitada pelo chicote do Führer também levanta uma questão moral. Embora o Jason não parecesse disposto a se envolver emocionalmente, eu percebia que ele estava sofrendo. Mas não eram só obscenidades; houve momentos de intimidade verdadeira, daquele cavalheirismo paterno que secretamente ansiamos, de dúvidas e promessas quebradas e do fim inevitável de ser trocada por Eva Braun, a secretária careta dele, que tinha o nome da cor mais feia. Descrevi em detalhes como acariciei os cães pela última vez antes de devolver todos eles, aquelas minhas doces provas de afeto, e como consegui contrabandear uma mecha de seu célebre cabelo numas meias de náilon sujas, e um bilhete, escrito à mão, me pedindo para não usar nada além de um quipá. Acho que Jason fez um esgar quando contei que andava sonhando acordada com o meu pequeno A., era assim que eu chamava Hitler quando estava sozinha, me fazendo dizer "Meu nome é Sara" antes de me castigar com seu chicote poderoso. Nos meus sonhos eu tinha cabelos castanho-escuros e também aqueles lindos olhos castanhos, e tudo parecia maravilhosamente controverso. Jason prometeu assinar qualquer coisa que atestasse a minha natureza calma e plácida, assim nunca mais precisaria me escutar contando como adquiri o hábito de gozar em cima de pequenos retratos do Führer ao imaginar seu bigode fazendo cócegas nas minhas partes. E como achava difícil chegar ao orgasmo sem fazer a saudação. Até me ofereci para desenhar alguns dos sonhos e sugeri que a dramatização seria uma boa maneira de superar as minhas tensões, mas o máximo que ele conseguia balbuciar é que eu jamais deveria me esquecer de que não sou meus pensamentos. No fim das contas, fiquei bastante decepcionada com o Jason e a falta de imaginação dele, dr. Seligman, mas ainda assim fiquei agradecida por uma coisa. Antes dessas sessões eu pensava que Hitler fosse apenas um caso grave de complexo de Napoleão que tinha dado muito errado. Um pequeno Lua desesperado tentando cortejar a Sol enquanto ela não estava nem aí. O senhor pode estar se perguntando por que me refiro ao Sol como ela, mas lembre-se de que na minha língua materna Sol é mulher e Lua é homem, como uma espécie de valquíria que tenta proteger seus encantos de um homenzinho desagradável. Talvez por isso sejamos tão pervertidos e por isso o chamado complexo de Napoleão tenha tido consequências tão catastróficas para nós. Não quero achar justificativas para isso mais uma vez, mas talvez Hitler realmente sentisse que não seria capaz de satisfazer a Sol. Só um baixinho poderia pensar em sua potência nesses termos; só ele se sentiria ameaçado por alguém que nunca cogitaria a ideia de ameaçá-lo, ele que não conseguia nem produzir sua própria luz. Tenho certeza de que a Sol não está nem aí para o Lua e suas investidas desesperadas. Por que prestaria atenção a um homem que poderia muito bem entrar caminhando na sua vagina sem qualquer impacto sentimental?

Ainda hoje, dr. Seligman, para um alemão, um judeu vivo é um verdadeiro espetáculo, não fomos criados para isso. Só estávamos acostumados a ver judeus mortos ou miseráveis, que nos olhavam de um sem-fim de fotos acinzentadas, ou de algum lugar muito distante, no exílio, sem nunca sorrir, e nós em dívida eterna com eles. Nossa única forma de compensação foi transformar os judeus em criaturas mágicas que exalam pozinho mágico por todos os orifícios, com intelectos superiores, nomes curiosos e biografias infinitamente mais interessantes. Na nossa imaginação, um judeu nunca seria motorista de táxi, e no meu livro de teologia havia até uma página dedicada a judeus famosos. Nas aulas de música a gente cantava "Hava Nagila" em hebraico, dr. Seligman — trinta crianças alemãs e nenhum judeu à vista, e cantávamos em hebraico para ter certeza de que continuávamos desnazificados e cheios de respeito. Mas nunca estivemos de luto; no máximo, interpretamos uma nova versão de nós mesmos, histericamente não racista sob qualquer perspectiva, e negando qualquer diferença sempre que possível. De repente só havia alemães. Nenhum judeu, nenhum trabalhador temporário estrangeiro, nenhum Outro. Mesmo assim nunca concedemos a eles o status de seres humanos de novo nem permitimos que interferissem em nossa versão da história até aquela pilha horrível de pedras que puseram em Berlim para lembrar as vítimas do Holocausto. O senhor viu aquilo, dr. Seligman? Sério, quem quer ser lembrado assim? Quem quer ser lembrado como o alvo da violência? Estamos muito acostumados a controlar nossas vítimas, e é por isso que mesmo depois desses anos todos quase não consigo deixar de me espantar por vocês estarem vivos fora dos livros de história e dos monumentos, por terem se libertado da versão que fizemos de vocês e por agora estarmos nesta sala juntos, fazendo o que estamos fazendo, por eu quase conseguir tocar o seu lindo cabelo daqui de cima. É como um milagre. Se bem que eu deveria lhe dizer que seu cabelo está rareando um pouco no cocuruto; mas é de leve, nada que possa demover um admirador. Mas, mesmo assim, achei que deveria saber.

O senhor acha que foi bobagem minha não ter aproveitado melhor o Jason, dr. Seligman? Foi a única vez que pagaram para eu me tratar com um terapeuta, e eu fiquei contando uma história maluca. Deveria é ter ficado feliz por ele não ter me mandado para algum manicômio por causa dos apelidos que inventei para o pau do Führer. Mas isso foi antes que meu corpo se tornasse o problema que é agora, foi quando eu ainda achava que podia assistir pornô gay e encontrar uma saída rindo. Isso foi antes de conhecer K., dr. Seligman. Até então eu sabia do meu dilema, mas existem diferentes maneiras de saber, diferentes reações a esse conhecimento. E, ao contrário do que dizem, é preciso, sim, um corpo para amar. Toda essa bobagem sobre almas simplesmente não é verdade, que se pode amar uma alma independentemente do formato em que venha. Nosso cérebro é feito de tal maneira que só podemos amar um gato como gato, e não como pássaro ou elefante. Se queremos amar um gato, queremos ver um gato, tocar seu pelo, ouvir seu ronronar, e que ele arranhe a gente se for tocado do jeito errado. Não queremos ouvir um latido, e, se começarem a nascer penas no gato, ele será morto, estudado e, por fim, exibido como uma aberração. Não sei por que nosso cérebro é assim, mas к. me ensinou que, se quisermos que nasçam penas em nós quando as pessoas não esperam que a gente voe, elas vão nos abater a tiros lá no céu, e seus cães vão nos sacudir para ter certeza de que nosso pescoço está quebrado antes de nos enfiar num saco e nos descartar. Nosso cérebro ainda pode tolerar um gato sem rabo, ou com três patas, mas qualquer acréscimo, qualquer apêndice com o qual o gato não deveria ter nascido nunca vai ser aceito. E um gato que late é um gato doente que passou tempo demais na companhia de cães; não é o tipo de gato que se quer em casa para brincar com os filhos, porque, vai saber, a doença poderia se espalhar e no dia seguinte o seu cão cockapoo acordaria com chifre. Até conhecer к., dr. Seligman, não tinha percebido que essas são fronteiras absolutas, e que nenhum gato que late jamais conquistou o céu.

Sabe quando a gente faz uma retrospectiva da vida e de repente não pode mais fingir que ignora determinada coisa? De certo modo, sempre soube que eu era um gato que latia, e sentada aqui com o senhor, tentando entender minhas partes íntimas, muitas memórias estão voltando à minha cabeça. O senhor ia nadar com a sua mãe quando era pequeno, dr. Seligman? Precisou dividir um daqueles cubículos minúsculos com seu pai ou sua mãe e se perguntava quanto tempo demoraria para o seu corpo ficar exatamente igual ao deles? Com os pelos pubianos escasseando e pequenas verrugas crescendo nas axilas? Não sei por que eu não podia esperar do lado de fora, como as outras crianças. Talvez essa fosse a ideia de intimidade da minha mãe, mas lembro como seu corpo me aterrorizava, como achava a coisa mais feia do mundo, e toda vez que sua pele macia roçava na minha parecia que eu ia me afogar naquele caixote de calor e no cheiro das nossas toalhas velhas. Naquela época a palavra que usávamos para nossa piscina pública era *Badeanstalt*, instituição de banhos, mas *Anstalt* também é o termo curto para instituição psiquiátrica, e alguma coisa nessa terminologia tornava aqueles cubículos ainda mais incômodos, como se fossem o primeiro passo em direção a uma vida de confinamento numa solitária. Para piorar, minha mãe tinha uma marca da cesariana que havia me ajudado a entrar neste mundo, mas ela não havia cicatrizado direito e parecia uma minhoca vermelha e brilhante, e, em vez de me sentir grata, sempre desprezei aquele corpo, ainda mais por causa daquela cicatriz, aquela marca notória de fraqueza. Como queria que ela escondesse aquela pele cansada num maiô, em vez de ser fiel a seus biquínis. Lá fora, todo mundo ia ver como um dia meu corpo se pareceria com o dela, meus peitos se transformariam naquelas coisas caídas horrorosas, listras roxas apareceriam onde minha pele tivesse cedido. Teriam diante dos olhos o trágico desfile do corpo feminino em diferentes estágios de desenvolvimento, como aquelas músicas absurdas que tínhamos de cantar em coro na escola. De novo, e de novo, e de novo. Assim que me via livre daquelas quatro paredes da vergonha, dr. Seligman, eu logo procurava um corpo masculino para descansar os olhos num peito liso, alimentando a secreta esperança de ser poupada, de que o meu corpo não mudaria, e que sempre me deixariam usar meus shortinhos de natação. Que um dia minha mãe deixaria de me ameaçar com os horrores de sua existência corporal.

O senhor tem razão, talvez minha mãe não fosse tão feia assim, mas mesmo com o passar dos anos não consegui superar a decepção do corpo, as discrepâncias que minhas ilusões e toda aquela papagaiada das revistas para adolescentes tinham produzido. O senhor vê mais pessoas nuas que eu, dr. Seligman, e tenho certeza de que concorda que não se justifica toda a excitação que criamos em torno do corpo. É só a ilusão que nos faz ir em frente — vimos aquelas estátuas antigas e pensamos que um dia mortais como aqueles voltariam a nascer, que são representações de seres humanos reais como o senhor e eu. Não que o senhor não seja atraente, dr. Seligman — o senhor é um homem bonito, claro, mesmo com a sua calvície —, mas, sabe, ninguém ia nos querer se a gente fosse de mármore. Não existe nada em nós que pudesse inspirar música ou poesia, que deixasse alguém sem sono à noite, torturado de desejo. É aí que somos diferentes dos animais: com pouquíssimas exceções, eles correspondem ao papel deles, são perfeitas representações da espécie, têm dignidade e o formato certo. É por isso que não existem versões idealizadas de tigres e pandas, e só uma mente pervertida imaginaria um cavalo ideal. Sabe, essas pessoas bizarras que gostam de se masturbar ao lado de um cavalo porque todo o resto é ilegal na maioria dos países. Mas quando a gente olha pela janela e vê tanta gente que parece estar a caminho de uma seleção para o elenco de *O corcunda de Notre-Dame*, talvez elas tenham razão. E se elas tiveram uma revelação e entenderam que, para que os seres humanos pareçam minimamente atraentes, eles precisam se contar tantas mentiras que tanto faz transar com um cavalo? E, claro, cavalos não falam, dr. Seligman, deve ser muito mais fácil amar os cavalos.

Acho que existe um momento em que as pessoas são bonitas de verdade. Isso provavelmente é um sinal de que comecei a me transformar numa velha tarada, mas existe um momento da juventude em que o corpo ainda é firme e fresco, um pouco como o dos cavalos, quando a gente entra na idade adulta sem toda a feiura que acompanha essa fase. Antes de pensarem em construir casas e pentear o cabelo, antes de terem idade para serem mencionadas num testamento — esse é o momento em que ainda se pode escrever poemas sobre elas. Agora já passei dos trinta e sou velha. Nada mais foi ontem, tudo aconteceu alguns anos atrás. E a resposta do meu corpo a tudo são hemorroidas e substâncias fedorentas saindo pelos meus orifícios. Nunca vou entender por que meu umbigo às vezes fica empapado, dr. Seligman, mas ainda lembro daquela outra idade. Aqueles anos em que todos os tios decrépitos se juntam e tentam abusar da gente em reuniões familiares, quando ainda acreditamos que um dia alguma coisa interessante vai acontecer na nossa vida, antes de percebermos que todo mundo na família é chato pra caralho e em geral não aguenta a gente. Antes de percebermos que os primos são nossos piores rivais e que a maioria das vidas é apenas uma repetição infinita dos mesmos erros, do mesmo desespero e do mesmo mau gosto. Cortei relações com a maior parte dos parentes anos atrás, e mesmo que isso signifique morrer sozinha numa clínica geriátrica cheia de mijo, ser amordaçada pelos cuidadores com a roupa de baixo suja deles, também significa que consegui me libertar do pior tipo de conversa que existe neste planeta, aquela entre os membros de uma família, e, em especial, entre as tias. É como enfiar um aspirador no cérebro e apertar a função soprar, só que não existe piedade: nossa cabeça não vai simplesmente explodir, o que seria uma bênção. Não, a gente vai ter que escutar esse barulho vazio para o resto da vida. Porque sangue é sangue, e um dia todas saímos do útero umas das outras. É uma das poucas coisas que me consolam, dr. Seligman, ter conseguido deixar tudo isso para trás; e, de qualquer forma, elas não entenderiam o que está acontecendo comigo agora. A maioria das tias nem sequer entende que ser mãe e depois morrer não é o que todo mundo quer para a sua vida, então por que entenderiam isto? E mesmo se eu tentasse conversar com elas, só me perguntariam o que aconteceu com o patrimônio do meu bisavô depois da morte do meu avô. Eu não tenho uma resposta para essa pergunta. Quem é que sabe o que passa na cabeça dos velhos? São como crianças com dinheiro, e com menos critério moral ainda; são movidos pelos últimos desejos porque conseguem pagar, e nessa busca não param por nada. Eles me assustam, dr. Seligman, e às vezes tenho pesadelos com as mãos do meu avô e como elas insistiam em segurar coisas que a força delas não dava conta.

Tem certeza de que não quer atender o telefone, dr. Seligman? Por mim tudo bem, de verdade. Gosto muito de ouvir a sua voz. O seu sotaque, diferente do meu, é maravilhoso, é um sotaque britânico inteligente demais para ser afetado. Pode ser uma emergência, ou talvez seja a sua mulher. É ela naquela foto em cima da mesa, ou é a sua mãe, dr. Seligman? É difícil saber a quem o coração de certos homens pertence, mas imagino que o senhor seja um desses bem-casados, com pijama passado a ferro e que nunca poderia imaginar não ser feliz. E, além disso, é membro de uma minoria duramente perseguida, então tenho certeza de que tem muitos filhos; eles são a sua forma de se rebelar. Entendo, deve ter sido um grande triunfo ter engravidado a sua mulher e pensar em todas as pessoas que tentaram impedir que isso fosse possível. Então, de certa maneira, o senhor é como eu, e pensa em Hitler quando goza. Estou brincando. Tenho certeza de que pensou em flores ou na beleza de sua mulher, mas também tenho certeza de que tudo foi muito digno. Mas não acha um pouco possessivo ter o retrato de alguém na mesa? Adorar alguém, principalmente uma mulher, não é como enterrar a pessoa viva na sua própria versão das coisas? Sempre senti que os homens não eram capazes de amar as mulheres pelo que elas são de verdade, então eles transformavam elas em tortinhas, ou melhor, em *gâteaux* — o senhor sabe, aquelas coisas de aparência assustadora que chamamos de *Torte* em alemão. Uma coisa muito bem decorada e que pode nos manter vivos por vários dias se necessário, que poderia alimentar uma família, mas que a gente só compraria se estivesse perfeita. Num determinado momento começaram a chamar essa opressão de amor; quer dizer, eu entendo, ninguém gosta de gente feia, mas acho que é forçar um pouco a barra rotular isso como uma emoção positiva, o oposto daquilo com que a gente deveria estar trabalhando, como a atenção plena e os canudos de plástico.

Dê uma olhada nas mulheres em suas fotos de casamento e depois pense na horrível *Torte* alemã com suas camadas e camadas de creme de manteiga, originalmente criada para ajudar os aposentados a ter uma morte mais rápida, e todos aqueles homens de terno sorrindo para mais uma mulher que acreditou nessa merda toda e se deixou transformar numa coisinha bonita, com medo de se mexer caso parte da sua decoração caísse, ou de alguém perceber que ela não nasceu assim. Que existe um rosto por baixo desse rosto, e um coração batendo por baixo de todas essas camadas de tecido branco, que estão ali como um lembrete de uma certa tirania da inocência, supostamente há muito esquecida, e das gerações de mulheres que vieram antes, que renunciaram à liberdade para ter um dia na vida em que pudessem acreditar piamente que eram a coisa mais comível do recinto e que isso só tinha a ver com elas, e não com a dominação de seu espírito. Amar alguém assim não é um pouco como estar com uma das máquinas de sexo do sr. Shimada, ou com uma pessoa morta, alguém que não pode se defender ou desmentir o que dizem dela, dr. Seligman? Também queria que fosse mais aceitável falar mal dos mortos. Acho que assim poderíamos ficar mais próximos de nós mesmos e da nossa própria história, e não teríamos de perpetuar o mito de que nossas avós eram bonitas, de que só deixavam crescer os bigodes na velhice, em vez de admitir que o pelo no rosto delas desde sempre podia competir com os bigodes de um gato. Queria que não tivéssemos essa necessidade de nos orgulhar de uma coisa que não tem potencial. Mas tenho certeza de que o senhor nunca tentou sufocar a sua mulher sob camadas de creme de manteiga, dr. Seligman. O senhor pode até ser um homem com uma história romântica, que não vê pornografia, um homem que nunca pensaria em ceder aos vícios que seu dinheiro pode comprar. O amor muitas vezes me lembra o sangue, dr. Seligman. Não acha que são muito parecidos? O sangue só é bonito e cheio de símbolos se estiver em seu devido lugar, mas quando o vemos espalhado no rosto de alguém, ou seco numa toalha, sentimos repulsa, porque pensamos imediatamente em violência e descontrole. O amor, como o sangue, precisa ser uma história que possa ser contada. Caso ele se liberte das molduras das fotos e das veias em que o prendemos, ele provoca histeria e tentativas brutais para ser posto de volta no lugar, a fim de conter o que é contagioso. Porque, como o amor, o sangue dá vida, mas também abriga tudo que pode nos matar, que tememos, todas as doenças que Drácula inoculou em seus ratos. Existe uma higiene do amor, não concorda? Assim como não posso sair espalhando meu sangue por aí, assim como inventaram uma infinidade de produtos para garantir que as mulheres não percam seu sangue sujo em público, também não posso sair por aí e amar onde acho melhor. O sangue que vemos na calçada poderia ser de qualquer pessoa; na hora não fica claro se estamos lidando com uma pessoa ou com um animal, e nem sabemos como ele foi parar lá, se existe um culpado ou se alguém se voltou contra si mesmo porque já não aguentava mais. Se usou uma arma ou só os dentes. O sangue na calçada significa agitação, assim como o amor fora da moldura é um lembrete de toda a dor que inevitavelmente chega a nós. Não me entenda mal; não digo que devam me deixar solta num parquinho, mas temos uma ideia tão clara do que é uma história de amor que, se a gente tentar encontrar uma maneira diferente de usar o coração, as pessoas vão dizer que também temos ratos doentes no porão e que bebemos o sangue deles quando eles menos esperam. Mas a culpa é só delas, dr. Seligman; se não tivessem tentado fazer meu corpo caber numa das suas molduras de foto, e me fazer sorrir quando nada ao meu redor era verdadeiro, eu nunca teria tentado ser como elas, e K. e eu não teríamos precisado de todas aquelas cores para pintar um universo diferente sobre nosso corpo.

K. podia chorar feito criança. Soluçava e esfregava os olhos, e o lábio inferior ficava protuberante, desafiando a injustiça cabal de seu destino. Não sei se ele ensinou os filhos a fazer o mesmo, ou se aprendeu com eles, mas depois ele me contou que naqueles momentos se sentia mesmo como uma criança, como se o corpo fosse pequeno outra vez, incapaz de escapar da violência alheia, da fraqueza inevitável dos próprios membros, da força que sempre superava o próprio esforço. A náusea que sobe quando alguém dá um soco no nosso nariz e a gente consegue cheirar o próprio sangue. Assim ele encontrou uma maneira de sair do corpo, e ainda que fosse dolorosa, sabia que nossa carne abriga muitas mentiras, que nunca devemos confiar nas histórias que encontramos escritas em nossa pele. Acho que é por isso que tivemos de nos encontrar. A primeira vez que ele chorou, dr. Seligman, eu só fiquei observando, como se ele fosse um animal selvagem que de repente decidiu se mostrar e não fugir, e, como se faz com um animal, de início não me mexi, não ofereci nada barato como consolo, só observei enquanto ele voltava a ser quem era. Derramando aquelas lágrimas grossas que raramente brotam dos olhos de um adulto, aquelas lágrimas que ainda acreditam em aventuras e proteção. Aquelas lágrimas que ainda acreditam que os contos de fadas são verdadeiros, que dormem profundamente por saber que a escuridão do outro lado da janela não é real, que é só uma parte da imaginação dos pais. Depois disso os olhos dele ficavam muito límpidos. Não tenho melhor palavra para expressar isto, dr. Seligman, mas os olhos dele nunca ficavam vermelhos, ao contrário, sempre pareciam límpidos. Como se a criação tivesse acabado de acontecer, como se ele tivesse acabado de desfazer a imagem que tinha do mundo e todas as cores fossem subitamente novas para ele. Como se toda noite pudéssemos adormecer com a certeza de que nossos sonhos nos fariam voar.

Mas não quero aborrecer o senhor com meu coração partido e toda a história de k. Soa tão clichê se apaixonar por um artista, e o senhor deve ouvir muitas histórias estranhas no seu trabalho, com todos esses corpos que precisam de uma mudança, e quem sabe pode até não aprovar que já estive com um homem casado. O Jason também me disse que eu deveria tentar ser menos autocentrada, e que me interessar pelos outros poderia ajudar a superar alguns dos meus problemas. Mas acho muito difícil; a maioria das pessoas é muito chata, não? Gostaria de conseguir ver daqui as outras molduras da sua mesa; são sete, é isso? Tenho certeza de que trazem fotos de seus filhos e talvez até dos netos. Imagino que tenha casado muito jovem e que seus filhos tenham seguido seu bom exemplo e sempre passem as roupas a ferro, e que o senhor tenha reuniões familiares frequentes em que todos são muito amorosos e felizes. Em que até uma eventual tragédia faça parte da narrativa. O senhor me perdoaria se eu fosse sua filha, dr. Seligman? Sua filha alemã feiosa, caída do útero precioso da sua esposa feito uma maçã podre. Me ocorre pensar no meu pai quando faço alguma coisa errada, e isso sempre me deixa muito triste, porque sei que ele nunca perdoaria tudo isto. Não que eu nunca tenha acalentado a ideia de engravidar, é uma coisa óbvia na minha idade, e não consigo ligar o computador sem ser bombardeada por anúncios de testes de gravidez e de fraldas, imagens de toda a felicidade que estou perdendo. Então comprei um button que diz "bebê a bordo" para andar no metrô; estavam vendendo no mercado perto do trabalho, daí eu pensei: Por que não? Mentimos sobre tantas coisas, por que não sobre o que acontece em nosso útero? E assim que comprei o meu buttonzinho surgiu aquele sorriso, sabe? O tipo de sorriso que a gente recebe quando alguém pensa que a nossa vida está completa e tem significado, quando todo mundo pode constatar que fizemos sexo com uma finalidade e o nosso corpo finalmente não é mais nosso. Eu adorava aquele sorriso e por algum tempo fiquei obcecada pelo button e pelo poder que de repente ele parecia me conceder. Podia pedir às pessoas que me trouxessem coisas pelo simples motivo de que eu estava carregando, como diríamos em alemão, uma outra vida sob meu coração. *Unterm Herzen*. Não vou fingir que entendi toda essa generosidade repentina, dr. Seligman, já que todo mundo sabe muito bem que não havia motivo para acreditar que esta nova vida sob meu coração seria menos banal que a de qualquer outra pessoa. Ainda assim é um momento sagrado, um momento tão celeste e bonito quanto as vestes da Virgem Maria, um momento em que a gente finalmente se torna o que é. Eu me regozijei em minha santidade. Até me fiz intocável de tanta dignidade quando comecei a girar um de meus anéis para que parecesse uma simples aliança de casamento, simples o bastante para ter um marido de terno me esperando em casa. Foi quase como encontrar uma religião, como se finalmente estivesse numa posição de poder desprezar os outros.

Mas o button também tinha suas limitações e parei de usá-lo quando percebi que qualquer imbecil se sentia no direito de enfiar um dedo moralista no meu cu e me sufocar de tanta preocupação com o feto, coisa que raramente demonstram com relação a qualquer pessoa fora de um útero. Até eu sei que ninguém gosta das mães. A preocupação com o feto é uma mentira, dr.

Seligman. Quer dizer, o senhor sabia que nesses anos todos ninguém pensou em inventar um cinto de segurança para mulheres grávidas e que inúmeras crianças ainda na barriga da mãe foram estranguladas por esses implacáveis troços pretos? Ainda lembro de como cortavam meu pescoço quando eu era pequena e não estava bem sentada, e da minha mãe me dizendo para endireitar as costas. É o tipo de material singelo que pode nos matar num segundo, e me enche de pavor, como as varas de pescar e as meias-calças. Não há como rebentarem antes da pessoa ser estrangulada, e mesmo que talvez seja um tanto sexy brincar com elas, é inaceitável morrer por causa de um desses objetos, ser estrangulada por uma das muitas banalidades da vida. Em todo caso, não tenho dinheiro para comprar um carro, então estaria a salvo, mas até hoje me chateia como tudo, até o tempo, é projetado em torno do assim chamado corpo masculino, o corpo com pau, o que faz com que metade da população corra risco de vida por causa de objetos de uso diário. Tenho certeza de que isso se aplica a tudo, de escovas de dentes a elevadores, bolsas de água quente, pianos e assentos de privada. Pode ser, claro, que os homens precisem de toda essa assistência extra — a gente não consegue nem fazer sexo com eles se eles não tiverem uma ereção —, mas isso ainda chama a minha atenção, embora já não me diga mais respeito. Não acha preocupante? Ou não pensa no assunto? Já tentei muitas vezes entender o vazio do outro lado desse clamor: por que é que homens como o senhor mantiveram alegremente suas caras-metades numa jaula por tanto tempo? Uma jaula sob medida para as proporções do homem, claro; sempre era um tigre numa jaula de leão, com as pessoas dizendo que quase não havia diferença entre os dois. Ainda assim, todos concordavam que seria inaceitável para um leão e a sua compreensão de si mesmo ser colocado na jaula de um tigre. Existe alguma coisa inerentemente ridícula na jaula do tigre, é como se dissessem que eu ficaria muito elegante no seu terno, dr. Seligman, e pensassem que o senhor estivesse com um parafuso a menos se aparecesse com um dos meus antigos vestidos ou saias. Seria o fim da sua masculinidade, da sua vida como homem — o senhor seria um leão sem juba, fraco e humilhado, e eu nunca sei direito se isso me inspira medo ou pena.

Já disse que gosto das suas mãos pequenas, dr. Seligman? Sei que muitas mulheres não concordariam comigo, mas acho que elas são incrivelmente macias e perfeitas para o seu trabalho. Quase parecem gatinhos, estão sempre quentes; a sua mulher deve ser muito feliz. Não entendo por que tudo que diz respeito aos homens precisa ser tão superdimensionado, por que tantas mulheres têm a necessidade de se sentirem pequenas. Acho que é por isso, entre outros motivos, que assim que meus anos de frescor acabaram e os tios tarados seguiram o caminho deles, os homens nunca se interessaram muito por mim. Certas partes do meu corpo nunca pareceram pertencer a uma mulher, veja minhas mãos: com certeza são maiores que as suas, pra não falar dos pés, os meus são grandes como os de um homem desde que entrei na puberdade. Não acha uma burrice pensar em tudo nesses termos, quando é evidente que nada disso é verdade? Durante anos meus pés me fizeram sentir uma ogra, sem contar todas as indústrias de produtos criados para homens ou para mulheres, de cores e cheiros associados a pessoas com e sem pau. Nunca entendi por que esse tinha que ser o principal viés para enxergar as pessoas, qual o motivo de todo um sistema separar tudo em dois, até os banheiros públicos. Eu, pessoalmente, uso o banheiro dos homens há muito tempo, não só depois que comecei a me vestir como eles, em parte porque não há filas, e em parte porque queria experimentar a sensação. De certo modo, dá para dizer que os banheiros públicos me ensinaram muito mais sobre mim mesma do que qualquer outro lugar. Pensando neles como espaços importantes do nosso dia a dia, dr. Seligman, foi lá que me senti excluída pela primeira vez. Nunca fiz confidências à minha melhor amiga, nunca retoquei a maquiagem, nunca escrevi o nome de um namorado numa parede ensebada. Foi lá que pela primeira vez senti não pertencer a um espaço constituído exclusivamente de mulheres, e ser incapaz de compartilhar esses momentos de êxtase, intimidade e dor que pareciam unir essas mulheres diante daqueles espelhos manchados. Não que eu não tivesse amigas, mas ter de usar esses espaços por causa da forma que meu corpo veio a assumir me parecia simplesmente errado, e então, assim que aprendi a pensar por conta própria, comecei a usar o banheiro masculino. O mais importante, dr. Seligman: foi assim que conheci K.

Quer saber como conheci alguém num banheiro público? Não costumo compartilhar essa informação, dr. Seligman, mas, já que me pergunta: a maioria dos homens se sente ameaçada quando o pau deles é examinado de forma muito direta, quando invadimos de olhos bem abertos um de seus últimos santuários, mas não o K. Dava pra perceber desde o início que ele estava aberto a um desafio, e tudo o que aconteceu depois já estava definido naquele momento. Por favor, não pense que vou aos banheiros masculinos à procura de sexo casual, dr. Seligman; não foi assim com K., apenas nos conhecemos desse jeito, nada mais. E nada menos. Eu estava parada atrás dele e nossos olhos se encontraram no espelho e imediatamente esqueci que havia outras pessoas naquele banheiro deprimente nos fundos de um pub. Também esqueci que tinha ido lá pra fazer xixi; isso de repente desapareceu, o meu corpo e todas as suas necessidades de repente desapareceram, e tudo o que eu enxergava era o pau de K. Ele entendeu, e então — esse gesto ainda me comove, dr. Seligman — esperou que todos os outros homens saíssem e se lavou numa daquelas pias pequenas com torneiras de água quente e fria separadas. Foi aí que eu soube que podia confiar nele, que era seguro desaparecer com ele num daqueles cubículos minúsculos. Talvez fosse isso que eu procurasse naqueles banheiros, afinal; talvez K. simplesmente tenha sido o primeiro a entender que eu só queria chupar um completo desconhecido e deixar tudo pra trás. O primeiro que conseguiu decifrar meu olhar silencioso. Acho que isso não tem importância agora, mas pela primeira vez na vida eu estava pronta para oferecer minha devoção, e não queria nada mais dele; não queria que tentasse me satisfazer. Só queria estar ali, agachada, com as costas contra a parede e ele agarrando firme a minha cabeça enquanto enfiava o pau na minha boca. Estava feliz com as suas mãos no meu cabelo, a minha língua lambendo o pau dele por baixo enquanto ele deslizava para dentro e para fora. Quando depois ele se ofereceu para me dar uma dedada, recusei, quase envergonhada de que existisse tal possibilidade. Ainda assim, nunca havia me sentido tão satisfeita antes. O senhor deve saber mais a respeito disso do que eu, dr. Seligman, mas não tem a impressão de que somos enganados pelo desejo de ter orgasmos?

Pensei no meu pai enquanto chupava ele. Imaginar os pais vendo a gente fazer sexo oral selvagem com um desconhecido num banheiro público sujo é praticamente o contrário de ver os pais trepando. Não pensei nisso porque me excitasse, dr. Seligman; gosto da ideia de ter outras pessoas olhando, mas não assim, e ainda não cheguei ao ponto de encontrar satisfação sexual decepcionando o meu pai. Cheguei a esse ponto com a minha mãe há anos, mas com a mãe quase não faz diferença. Não que a gente vá conseguir se libertar do amor dela algum dia, daquele afeto animal que seguiria os filhos até o mais escuro dos antros, o tipo de amor que encontra justificativas para os *serial killers* Marc Dutroux e Harold Shipman. É como essa gosma com a qual minha mãe me cobriu antes de forçar minha entrada neste mundo, e a ideia de que alguma vez fui parte da sua carne ainda me enche de pavor. O amor dela era sempre exagerado demais, vergonhoso demais, indiscreto demais. Amor de pai não se compara; há uma possibilidade de escolha — é uma coisa que podemos conquistar e, claro, uma coisa que podemos perder. Conquistar o amor do pai é em muitos aspectos a nossa primeira vitória. Já notou como os bebês flertam? Devem saber que só o amor materno não vai garantir o respeito de ninguém e que todo mundo se comove muito mais quando conquistamos um coração relutante. Basta ver a cobertura negativa da imprensa que as mães solteiras recebem aqui no Reino Unido e no resto do mundo. Sem o amor do pai, as chances de sucesso são muito pequenas. Dependemos dele. Não sei como são as coisas sob uma perspectiva parental, e talvez nunca venha a saber, mas o senhor se interessa de verdade por seus filhos fora dessas sete molduras, dr. Seligman? Se sente especial porque não abandonou todos eles quando pequenos? Porque todo mundo sabe que seria uma possibilidade, e ficaria tudo bem. Só as mulheres parecem incapazes de superar o cordão umbilical. Já notou que, quando as mulheres abandonam os filhos para realizar seus sonhos de ter dinheiro, homens mais jovens e uma vagina feliz, elas se transformam em monstros? Como, na nossa imaginação, todas foram seduzidas pelo diabo e se tornaram a corporificação imoral da sodomia e da luxúria? Às vezes acho que algumas mulheres, quando percebem o que significa serem vistas como mães, encontram uma forma de estrangular o feto dentro do útero com esse mesmo cordão umbilical que de outra maneira as teria acorrentado a uma vida de autoaniquilamento e aos nauseabundos chutneys caseiros da sogra. Mesmo assim nunca senti compaixão. Nunca senti pena da minha mãe; tive no máximo raiva de que ela tivesse escolhido me pôr neste mundo em vez de acabar comigo antes que alguém percebesse. Por não ter escolhido ser livre.

O senhor conversava abertamente com seu pai, dr. Seligman? Nunca contei nada ao meu, porque sempre achei o silêncio melhor do que uma decepção às claras, do que contar uma história que ele nunca seria capaz de entender. Não que a gente se falasse muito; meu pai era epiléptico e estava quase sempre sedado de remédios, e também não acho que ele tenha falado muito com o pai dele. Não era uma coisa que ele tivesse aprendido em casa, lá todo mundo herdou o silêncio do meu bisavô. Por isso sempre tive medo de contar o que realmente estava acontecendo e causar um daqueles ataques terríveis nele. Medo de que morresse engasgado no próprio vômito só porque eu não entendia como ser menina. E, apesar disso, tudo começou com ele deitado na cama nas manhãs de domingo, tentando se recuperar da sua vida de representante comercial de máquinas de lavar. Não é brincadeira; esse trabalho existia naquela época, e uma vez por ano ele ia a Nuremberg participar de um congresso sobre o aperfeiçoamento das máquinas de lavar roupas. Só percebi a ironia sinistra disso tudo muito depois, dr. Seligman, mas, sério, que outra cidade estaria tão desesperada a ponto de acolher tal evento? Onde mais as pessoas teriam sonhos eróticos com roupas limpas e infinitos varais com camisas recém--lavadas flutuando no ar do verão? Tínhamos até um comercial de TV que mostrava essa imagem absurda. Tudo para fazer as pessoas se esquecerem daquele outro evento anual que costumava ocorrer lá, e das famosas leis que levavam o nome da cidade, que separavam as pessoas em categorias humanas e sub--humanas, que decidiam, por meio dos mais amadores gráficos circulares, quem merecia viver e quem não, quem tinha fodido da maneira errada e quem não tinha. A melhor coisa que ocorreu a eles, além do congresso anual sobre o aperfeiçoamento das máquinas de lavar roupas, foi organizar uma feira natalina horrorosa, que nada mais é do que uma fachada para disfarçar a falta de remorso. É o jeito de fazer de conta que isso foi tudo o que aconteceu lá, que desde a Idade Média eles só vendem umas porcarias de madeira superfaturadas e usam os fornos só para assar *Lebkuchen* — o senhor sabe, aquele famoso pão de mel alemão. É tão típico! Essa incapacidade de reconhecer que perderam muito mais que a arquitetura me deixa bastante furiosa, dr. Seligman, e pensar que agora também estão organizando essas feiras natalinas aqui em Londres até me embrulha o estômago. Por que não deixam as pessoas em paz?

Enfim, nas manhãs de domingo era comum minha mãe me mandar acordar meu pai, ainda na cama. Eu sabia que ele costumava ficar nu debaixo daquele cobertor que eu estava prestes a puxar. As pessoas acham que a relação dos alemães com a nudez é muito vanguardista, um sinal da nossa liberação, mas, ao pensar na nudez do meu pai agora, ela não me parece um símbolo de liberdade, dr. Seligman; no máximo, acho que é uma maneira de demonstrar que não temos nada a esconder. Que nosso corpo é saudável e que não temos um terceiro mamilo, nem pé chato, que não transamos por engano com um judeu e contaminamos a raça inteira. Que temos medo dos mistérios. Não havia nada de particularmente inspirador naquela nudez, e, no entanto, olhando para o pênis dele no silêncio do quarto dos meus pais, tive um pensamento muito estranho. Não que conseguisse ver muita coisa — eram mais pentelhos e testículos, um exemplo perfeito de modéstia —, mas mesmo assim de repente pensei que talvez fosse possível comprar um daqueles numa loja. Que em algum lugar entre as barbies e os potes de massa de modelar haveria uma seção onde eu poderia encontrar meu próprio pau; pensava que era simples assim. Achava que era só isso, simplesmente gostava da ideia de me livrar dos meus *Schamlippen*. O senhor deve saber, dr. Seligman, que em alemão os lábios vaginais são chamados de lábios da vergonha. Até hoje não consigo pronunciar a palavra sem sentir vergonha, e nunca teria tido coragem de procurar um par deles numa loja. Mas sempre que tinha oportunidade vasculhava os corredores azuis e rosa da loja de brinquedos local à procura de um pau, e procurei em vão, é claro. Nem mesmo os ursinhos de pelúcia machos nem os robôs podiam ter genitais, e não há muito a ser dito sobre aquele montinho engraçado entre as pernas do Ken. Duvido até que deixassem o vendedor trazer o próprio pau para o trabalho, então não havia nada para mim lá. Com o tempo esqueci essa ideia e não me rebelei quando me enfiaram em vestidos e me obrigaram a deixar crescer meu horroroso cabelo encaracolado. E só uma vez consegui cortar os cílios. Nunca me ocorreu que essa fosse a primeira tentativa de expressar meus verdadeiros sentimentos, que não era só uma esquisitice infantil. Ouvi dizer que agora as coisas estão mudando, dr. Seligman, e que até as crianças pequenas são incentivadas a comprar a genitália de sua preferência, mas naquela época uma menina era apenas uma forma feliz que crescia ao redor de uma vagina, e todo mundo esperava que no futuro ela fosse limpa e apertada. O resto não importava.

Também não saberia muito bem o que dizer sobre k. Acho difícil descrever pessoas, e não falávamos muito sobre as coisas que supostamente nos definem, como empregos ou cortes de cabelo. E, em todo caso, eu havia sido demitida por ameaçar um colega com um grampeador, e k. era pintor e tinha uma mulher que pagava as contas. Não havia muito o que dizer, mesmo, e nunca falei de como perdi o emprego. Nunca descobri de onde ele era de fato. Ele tinha um sotaque estrangeiro, mas daqueles que não fornecem nenhuma pista de onde a estrangeirice viria, e, diferentemente de mim, ele não sofria da compulsão de falar sobre o seu *Heimat*.* Na verdade, com K. era o oposto, e logo entendi que ele não gostava de falar sobre origens, ou raízes, ou como queira chamar. De qualquer forma, esta virou uma pergunta inútil: "De onde você é?". Acho que deveriam deixar que as pessoas decidissem sozinhas, talvez elas se sintam diferentes em momentos diferentes; podem acordar de manhã e decidir que são de um lugar diferente. Não somos nós que temos que decidir. Mas não foi isso que K. fez. Acho que ele só apagou a pergunta da cabeça, e, quando estávamos juntos, dr. Seligman, era como se tivessem arrancado todos os mapas das paredes e pudéssemos abdicar de tudo o que precisávamos ser enquanto seres humanos operantes. De repente já não havia continentes, sobrenomes, pais, empregos, filhos, e, na medida do possível, corpos. Sem combinar, fizemos questão de não chamar as coisas pelo nome, de não falar sobre paus e vaginas, nem fazer amor do jeito que nos ensinaram. Fazer amor é uma expressão tão absurda, aliás; como é que se pode fazer um estado emocional? E por que nunca dizemos fazer ódio, ou tédio, ou desespero? Mesmo assim, às vezes, principalmente depois que K. me deixou brincar com algumas cores no seu ateliê e pintar o seu corpo, ele parecia muito aliviado quando me observava espalhar aqueles tons vermelhos e rosados sobre sua pele, dr. Seligman, como se alguma coisa tivesse sido devolvida a ele, alguma coisa que ele tinha perdido havia muito tempo. Eu sempre ficava esperando o momento em que ele pegava um pouco de tinta

---

* Em português "pátria", "lar", "terra natal". Sem tradução específica, a palavra diz respeito ao local em que uma pessoa se criou ou se sente em casa. Passou a ser um termo controverso depois do uso pelos nazistas, que enxergavam a Alemanha como *Heimat* da suposta "raça ariana". (N.E.)

bem púrpura e passava no meu rosto bem devagar, nunca outra cor. Então ele começava a rir, porque não é que só chorava como criança, também ria feito criança. A liberdade que ele tomava diante do mundo tinha um quê tão irresistível! Era como se não lembrasse da última vez que algo realmente lhe importou, como se fosse passar tinta por cima de qualquer coisa que se pusesse no seu caminho e enterrá-la debaixo de seu próprio tom de púrpura. Era como se eu também pudesse desaparecer sob esses dilúvios acrílicos.

Isso também é o que me preocupa nas máquinas de sexo do sr. Shimada, dr. Seligman. Antes de serem despachadas elas vão ser programadas por alguém, e, mesmo que não sejam reais — inteligência artificial, não aquelas máquinas que vemos em filmes —, continuo acreditando que o sexo requer quase sempre alguma forma de consciência, não acha? A maioria das pessoas certamente daria um nome para o seu robô, e é isso que me preocupa, que ele tenha sido programado para me amar apesar de eu ser a parte que vai tirar proveito. Entende o que eu quero dizer? A ideia me incomoda; como fui criada como mulher, não me ensinaram a aceitar favores sexuais, então fico me perguntando se meu robô poderia ter uma configuração diferente, talvez pudessem permitir que ele expressasse sua aversão a mim e a minhas necessidades sexuais estranhas. Poderíamos até brigar, e ele me trocaria por outra dona, como faz um gato, e eu não faria nada para evitar, claro, assim como deixo as pessoas furarem a fila na minha frente e fazerem piadas a meu respeito quando peço alguma coisa num café. Uma vez chegaram a me dizer que eu tinha um rosto infantil, como se tivessem me visto soprar na bebida com um canudinho. Há dias em que me sinto usando um narigão vermelho que só eu não consigo ver, e que nem o meu robô sexual — vamos chamá-lo Martin, dr. Seligman —, que nem o Martin, que é apenas um vibrador falante, me levaria a sério. Que parece que nada vai fazer a realidade desaparecer, nunca. Sempre vai haver dias em que nossas cicatrizes vão abrir e a gente vai poder ouvir todas as palavras e gargalhadas que nos acompanham por todo lado. Dias em que conseguimos sentir todas as dores e feridas antigas, a pele machucada e o sangue que não é mais nosso. Em que a vida vai parecer nada mais que uma série de momentos em que perdemos o controle, nada mais que uma fileira de pontos cegos na nossa dignidade, e tudo o que a gente pode fazer é transar com um monte de material não reciclável com voz artificial. Acho que seria melhor para o planeta se a gente se limitasse aos humanos, se levasse em consideração o equilíbrio ecológico das nossas ações.

O senhor deve me achar covarde, dr. Seligman, por não usar a palavra adequada para descrever o Martin, porque é uma dessas palavras que têm potencial de ser tão ofensiva que todo mundo vai achar que a avó da pessoa que falou teve um caso com o diabo e que logo vai aparecer um pé torto nela e um pau crivado de espinhos do tamanho de uma casa. Tenho medo dessas palavras; sei do que a linguagem é capaz, sei que a linguagem nunca mente, mas já que estamos a sós e suas paredes aveludadas nos protegem do alcance auditivo de qualquer pessoa, melhor admitir que comprar o Martin seria uma forma de exploração, de escravidão sexual. Porque tudo começa com essa mentalidade, e não tenho como provar que não é da nossa natureza submeter outras pessoas a nosso poder e vontade, quebrar seu corpo e sua alma, e que não estamos constantemente tentando pintar um retrato da natureza humana que não existe. Que não existem impulsos amistosos. Que ainda que Martin tenha sido programado para sorrir enquanto eu penetro ele, esse sorriso não vai se sustentar numa situação real, não vai se basear em algum comportamento humano. Tenho medo de que isso vá perverter minha cabeça, dr. Seligman, que, dada a minha herança familiar, desperte o monstro que existe em mim, e pouco a pouco eu comece a pensar que Martin é real e que posso tratar as pessoas reais como trato ele. De esquecer o que é um ser humano e tentar trepar com as pessoas contra a vontade delas ou coisa pior. Mas, com essa nova escravidão e todos esses novos aparelhos e dispositivos constantemente à nossa disposição feito cadelinhas raivosas, há uma ironia que faltava nas formas anteriores de escravidão. Diferentemente das formas mais tradicionais de escravidão, quando as pessoas eram reduzidas ao corpo, de modo a serem extintas no processo ou torturadas até a morte, com a destruição de todas as provas de que um dia existiram, estes novos escravos eletrônicos estão nos enterrando vivos. Já reparou, dr. Seligman — ou talvez tenha a sorte de estar muito velho para este tipo de modernidade —, como os novos escravos foram projetados para manter a gente em casa? Como eles nos privam de todo contato humano ao trazer nossa comida, e nossas compras, e nossos orgasmos enquanto afogam o que resta do nosso cérebro em intermináveis programas de TV? Como nos fodem e nos alimentam até esquecermos como se soletra o próprio nome? Até esquecer que não somos a imagem que vemos de nós mesmos numa tela? Até aquele pouquinho inútil que resta da nossa personalidade ser isolado pelo conforto e pelo silêncio. Quando nos obrigam de fato a falar sobre nós mesmos, as coisas sempre ficam muito estranhas, porque na verdade há muito pouco a dizer. Às vezes o senhor também tem que ir beber com os colegas, dr. Seligman? Nessas ocasiões não fica claro se as pessoas estão cheirando a mijo ou a café, e elas não param de falar até todo mundo ficar tão entediado que prefere rolar morro abaixo num barril cheio de pregos. Quando eu ainda tinha um emprego, minha única saída para essas situações era mentir e fazer de conta que era de Berlim, e depois parar de escutar quando as pessoas começavam a contar aquelas anedotas completamente previsíveis. Na maior parte das vezes, ser alemã em Londres é isto: fazer de conta que é de Berlim e que já leu a porra do Max Sebald. Funciona sempre. Mas a verdade é que não entendo qual é a dessa maneira moderna de viajar, dr. Seligman. Não acha que é uma ilusão trágica pensar que alguém vai aprender alguma coisa passando três meses em Amsterdã ou em Hanói? No máximo vai ficar ainda mais babaca, porque as pessoas sempre acham que conquistaram subitamente uma forma moderna de alteridade, que confere a elas o direito de supor que alguma coisa aconteceu na vida delas e que vale a pena ser mencionada. Que, como num passe de mágica, elas ficaram diferentes, mas diferentes de um jeito bom. Tenho muito mais respeito pelas pessoas que todo ano passam as mesmas férias banais numa praia do Mediterrâneo em vez de converter essas férias numa afirmação de alguma coisa. Tenho certeza, dr. Seligman, de que o senhor faz escolhas de férias muito sensatas e consigo imaginá-lo trocando esses óculos por um daqueles de sol atemporais, levando sua mulher pra jantar como fazia a cada ano. O senhor não é como essas pessoas que de repente deixam a barba crescer e viajam pelo mundo montadas num gato de pelúcia motorizado, que vão aos bares locais e experimentam comida de rua e depois voltam e explicam essas culturas. Essas pessoas só me embrulham o estômago, dr. Seligman; são como os filmes americanos sobre o holocausto, transformam tudo num clichê, até a gente se dar conta de que o Ronald McDonald está nos fodendo e ansiar por uma cerca elétrica nas proximidades. Nem sei quando tudo ficou tão ridículo a ponto de muitas vezes ser uma dificuldade sair de casa porque não vejo como seria possível voltarmos a ser pessoas reais. O senhor deve ter razão em pensar que eu poderia ter conversado sobre isso com o Jason, que isso poderia ter a ver com a minha raiva, mas não ameacei meu colega por causa das férias dele no México, e até aceitei com elegância a lembrancinha que ele me trouxe, uma caveirinha brilhante e colorida. Cheguei a sorrir quando ele me falou das praias de areia branca e de todo o mescal que tinha tomado, e nem mencionei que, para ir a todos aqueles lugares, era bem provável que ele tivesse passado por várias valas comuns de pessoas que tinham desaparecido violentamente, a maioria mulheres. Não sou esse tipo de pessoa, e isso foi antes mesmo que Jason me dissesse que preciso aprender a ser feliz pelos outros e que, se eu não julgasse todo mundo, poderia ser mais generosa comigo mesma, poderia treinar minha cabeça a não reagir mais a esses gatilhos. Mas percebi que, se fizesse isso, já não sobraria quase nada de mim, que eu ficaria tranquila e desapareceria aos poucos, então continuei a mentir para ele.

Entendo por que me pergunta isso, dr. Seligman, mas não sou sempre assim, e é bem possível que, se o Jason tivesse sido capaz de apreciar a importância estética do veludo, eu não tivesse sido tão má. Na verdade, foi o seu amor pelo veludo que me convenceu, quando nos conhecemos, de que o senhor era a escolha certa, e esse veludo combina muito bem com a sua loção pós-barba. Alguma coisa no veludo vermelho-escuro das paredes e cadeiras me fez pensar que o senhor era uma pessoa séria, alguém que eu poderia respeitar e a quem poderia confiar esta tarefa. Penso que muitos outros cirurgiões plásticos foram se vulgarizando com o dinheiro que ganham e o tipo de pessoas que tratam, mas não o senhor, dr. Seligman; não existe a menor pitada de glamour no senhor. Por algum motivo não consigo mentir se estiver olhando para um veludo, talvez porque signifique poder e ao mesmo tempo seja tão delicado. É uma das combinações eternas que procuramos para nos seduzir. Já o consultório do Jason era numa daquelas salas moderninhas, onde é impossível saber se a gente está num café, num escritório, numa loja ou na sala de estar de alguém, e ainda não tenho certeza do que era. Toda aquela estética abacate anestesiou meus sentidos, e assim que botei os pés naquele espaço me senti compelida a mentir. Não era um lugar para a honestidade. Mas, como eu mesma tive dificuldade em preencher aquelas sessões com material suficiente sobre o pau do Führer, e como ocasionalmente envolvíamos os cães dele em nossos joguinhos, contei que às vezes seguia pessoas desconhecidas pela rua. Não lembro como essa ideia apareceu, mas alguma coisa me fascinou no poder que a gente conquista quando ultrapassa esses pequenos limites. A maioria das pessoas ficaria apavorada se a gente espiasse por suas janelas, e isso nem é ilegal, assim como seguir as pessoas na rua está dentro da lei na maioria das vezes. Para mim, grande parte das perversões nascem de um sentimento de insignificância, dr. Seligman, e contar a Jason tudo a respeito delas era uma forma divertida de experimentar todas essas perversões, outra maneira de me diminuir. É muito fácil seguir alguém; já tentou? São tantas vidas diferentes nesta cidade que, não importa para onde se olhe, a gente vai dar de cara com a realidade de alguém, e às vezes me assusta pensar quantas pessoas no meu entorno respiram, dormem, tomam banho e consomem recursos neste exato momento, quantas maneiras existem de fazer as coisas. Cresci numa cidadezinha, então muitas vezes não consigo acreditar direito que existam tantos de nós aqui. E, no entanto, a gente conhece a vida de poucas pessoas, e agora que decidi vir aqui a esta consulta com o senhor, tenho mais medo da solidão do que nunca. O senhor preencheu aquelas quatro molduras na sua mesa com rostos lindos, construiu sua fortaleza contra a solidão, ou pelo menos acha que sim, mas eu não vou poder mais fazer isso, e isso me assusta. E se, como o monstro do Frankenstein, acabo olhando para a felicidade doméstica das outras pessoas feito uma pervertida só para ser enxotada como um pombo sujo, com os membros apodrecidos pela própria desgraça? Estou exagerando, eu sei; a família era tão infeliz quanto o monstro, e ele teve a sorte de escapar e arruinar a vida deles à distância. K. sempre me disse que não somos capazes de fazer a outra pessoa feliz, e que deveríamos simplesmente aceitar a solidão como parte da condição humana. Que não há como escapar da nossa pele e que já nascemos com o coração partido. Ele achava que era esse o significado do pecado original.

Jamais contei a Jason sobre o meu medo da solidão, dr. Seligman; não queria dar nenhuma chance para aquele falatório sobre positividade, então só falei da Helen, a mulher do trem. Não costumo me interessar por mulheres; o corpo delas me faz lembrar das minhas próprias obrigações e me enche de pavor. Não consigo sentar ao lado de grávidas sem sentir um leve pânico subindo pela garganta e meu peito de repente pesar. Mas havia alguma coisa em Helen que me interessava. Dei esse nome porque achei adequado. Helen tinha uma pintinha no rosto e me lembrava o Bambi, os olhos grandes demais para a cabeça e sempre cheios daquele medo do qual os homens gostam de proteger as mulheres. Um dos grandes constrangimentos da minha vida é que só recentemente percebi que o Bambi era, pelo que se supõe, menino, e que o filme é baseado num romance pornográfico austríaco, e disso eu gosto muito. Bambi, o veado tesudo. Agora teria que dar outro nome a Helen, um que não tivesse a ver com veado, mas naquela ocasião eu achei adequado. Ela era pequena, tinha um cabelo loiro que secava cuidadosamente para parecer ondulado, se vestia de acordo com a última moda e usava uma aliança de noivado num de seus dedos esbeltos. Eu gostava de como ela tocava os lábios ao comer seu croissant matinal, fazendo de conta que era uma daquelas mulheres que nunca engordavam, e eu me perguntava como ela aguentava ser como todo mundo. Devia saber que legiões de mulheres em Londres usavam a mesma aliança, os mesmos produtos químicos para pintar o cabelo, encontravam os mesmos homens babacas quando chegavam em casa e sonhavam com um casamento na Toscana. Mas Helen parecia feliz, apesar do noivo provavelmente ter pedido ela em casamento diante de um monumento, ou numa praia, ou no restaurante favorito deles, administrado por estrangeiros rancorosos, e que eles frequentavam porque achavam original a decoração atroz, e me acusei de amargura e inveja. Por que não conseguia aceitar que algumas mulheres eram felizes com sua vagina e sua feminilidade? Por que sempre tinha de pensar nisso como uma fraqueza? Então honrei minhas raízes católicas e tentei me redimir. Até aquele momento, achava que ficar de joelhos era apenas uma posição confortável para me masturbar, mas de repente quis aprender a aceitar o que a vida tinha me guardado, e que eu também podia ser como Helen. Acredito que até aquele momento Jason estivesse bastante satisfeito com a minha história, meu desejo inesperado de me tornar limpa e manejável, de me livrar dos pelos pubianos e começar a ficar parecida com um pêssego. Até quando contei como imaginava a vida sexual de Helen — principalmente o corpo do marido, a bunda firme e o pau robusto — ele pareceu aliviado que tivéssemos deixado para trás o sexo nazista e minha reação à voz do Adolf, que ainda me deixava inevitavelmente molhada anos depois do nosso término imaginário. Do nada eu voltava a ser a louca dos gatos, malcomida, que objetificava os homens, o que para ele parecia ser um crime mais aceitável. Ele ficou nitidamente mais perturbado quando contei que havia começado a seguir Helen porque não me bastava mais apenas vê-la pela manhã. Quando revelei que planejava entrar na casa dela — uma daquelas casas com magnólias púrpura no jardim — enquanto ela estava de férias numa ilha grega, notei os primeiros sinais de desespero genuíno em seu rosto. Eu disse que minha intenção não era fazer nenhum mal, mas que, quando conheço uma pessoa, sempre quero me masturbar na banheira dela e roubar alguma lembrancinha, um objeto do dia a dia, como um saquinho de chá, uma caneta ou, em alguns casos, uns fios de cabelo que encontro nos travesseiros. Está rindo, dr. Seligman? Jason nunca ria, e eu percebia que ele achava que Helen estava presa no meu porão. É possível que também tenha pensado que eu fosse austríaca; em geral os alemães não estão nem aí para os porões, tudo bem torturar as pessoas no primeiro andar, eles pensam, não são tão discretos. Não precisam estar à altura da reputação de um daqueles impérios antigos. Jason também não entendia como é bom se masturbar em lugares que significam alguma coisa pra gente, e que a gente nunca na vida vai esquecer deles. É como se todos esses lugares se tornassem a nossa casa, e isso, fora o suicídio, é a única liberdade real que temos. Nos dar prazer quando estamos a fim. Tenho certeza de que concorda, dr. Seligman. Por que outra razão haveria veludo em suas paredes?

Claro que não me importo que tire fotos. Sua assistente falou que era parte do exame de hoje, mas obrigada por perguntar, e não se preocupe, vou ficar imóvel. Mas não consigo deixar de pensar que Jason foi ingrato; ele nem deu valor à minha tentativa de reconhecer meu problema, seja lá o que isso signifique, mas achei que ele pelo menos ficaria feliz por eu estar consciente de ter um problema. Também não queria que ele começasse a desconfiar, porque não tenho condições financeiras de ser processada pelo meu ex-colega de trabalho; minha herança não chega a tanto, e é só uma questão de tempo para as minhas tias começarem a pedir coisas. Acho também que uma parte pequena de mim queria sentir pena de Jason. Com gente como ele, é como naqueles filmes de faroeste: você tem que atirar primeiro, porque, se sentir pena deles, eles é que não vão sentir pena de você, e daí é só morro abaixo. Gosto de fazer as pessoas se sentirem incompetentes — se eu nunca me achei boa em nada, então por que os outros deveriam se achar? Tenho certeza de que o senhor nunca esteve numa situação dessas, dr. Seligman; nunca permitiria que uma figura como Jason fizesse o senhor questionar suas crenças. É seguro de si e de seu jeito de ser, sabe como levar a vida e não precisa de ajuda com isso. Ao contrário da maioria dos homens, sabe a diferença entre uma mulher e uma bicicleta. É uma qualidade muito simpática, dr. Seligman, e gente inútil como eu se apega muito a esse tipo de orientação que o senhor oferece, somos como as gaivotas que seguem os navios pelos oceanos, embriagadas dessa súbita noção de rumo e propósito. Mas pessoas como Jason vivem apenas de fazer os outros se sentirem mal consigo mesmos, fazem de conta que conhecem o caminho quando no fim vão afundar como todo mundo e por nenhuma razão aparente. Como o menino naquele filme idiota, o *Titanic*. Todo mundo sabe que havia espaço suficiente para ele naquela tábua, mas também sabemos que essa era a única maneira de transformar aquilo numa história de amor. Fazer de conta que ela se casaria com ele, para curtir um coração partido em vez da realidade. Ninguém quer casar com o namorico de verão, e as mulheres não conseguem salvar os homens da pobreza, a menos que sejam umas velhas taradas. Menos no caso da Jasmine e do Aladim, mas ela tinha um tigre de estimação, né? Não dá para se meter com isso.

Por favor, não pense que sou sociopata, dr. Seligman. Sei que precisamos de ilusões, mas às vezes acho que não deveríamos ter tanto medo da verdade. Não me refiro à adulteração da maior parte do azeite de oliva ou à presença de resquícios de fezes em uma a cada três barbas. Esses dados não têm a menor graça, e talvez seja melhor continuar mentindo sobre eles e sobre o dano que causamos a nós mesmos e aos outros. Mas e a beleza? Não acha que seríamos mais felizes se conseguíssemos superar essa ilusão de uma vez por todas? Quando eu era mais nova, minha melhor amiga foi consultar uma cartomante e depois ficava me assustando com histórias de uma guerra iminente, a Terceira Guerra Mundial. Sabe qual foi a primeira idiotice que me ocorreu? Que finalmente ia poder comer tanto chocolate quanto quisesse, que de repente não importava mais se eu era gorda ou não, que algum poder superior tinha finalmente tomado o controle do meu corpo. Ao lembrar das fotos da minha avó raquítica depois da guerra, dr. Seligman, fiquei muito empolgada com a ideia de que logo me veria livre de todas essas preocupações mesquinhas com minha barriga protuberante e do medo que minha mãe tinha da minha bunda ficar grande demais e começar a chacoalhar. Foi graças a ela que eu sempre soube que um corpo era capaz de ser feio e que, não importa o que a gente faça na vida, nenhuma parte dele deve chacoalhar. Até hoje não consegui me libertar da perspectiva dela. Não consigo esquecer a luz dos provadores iluminando minhas curvas feias, revelando tudo o que eu gostaria que ela não tivesse visto. Mas naquela época decidi que compraria chocolate branco, tantas barras quanto minha mísera mesada permitisse, e que esconderia tudo da minha mãe e comeria quando estivesse sozinha, com a certeza de que meu corpo tinha mais ou menos cessado de existir diante dessa catástrofe. Foi só muito mais tarde, depois de eu ter comido todo o chocolate e de nenhuma bomba cair diante da minha janela, que percebi que nenhuma catástrofe, a não ser um derradeiro ataque nuclear, talvez, seria grande o suficiente para nos livrar desta maldição. Que apesar de estarmos no comando deste planeta, somos seus habitantes mais feios, e a nostalgia de nossa própria beleza nunca vai ter fim, e nunca estaremos satisfeitos com a beleza que está diante de nós. Contudo, nunca vou me esquecer da sensação de comer aquele chocolate, dr. Seligman; hoje tenho dor de cabeça se como mais do que um pedacinho, mas naquele momento era um pecado sem grandes consequências. E nunca desisti do sonho de que um dia meu corpo não tivesse mais importância. É um pouco como imaginar que seus óculos são de sol, dr. Seligman; a luz fica mais suportável.

Com essa mesma amiga eu também via um monte de videoclipes. Nunca dei muita bola pra música, e nunca achei que cantassem pra gente como eu. Mas havia alguma coisa naquela extravagância condensada que me fascinava, aqueles corpos perfeitos e a capacidade de lidar com qualquer assunto em três minutos. E que continuavam atraentes em meio a qualquer calamidade. Nada parecia importar contanto que a gente dançasse e alguém nos maquiasse, conseguíamos fazer qualquer história caber naqueles poucos versos, e eu comecei a assistir às paradas de sucessos todas as manhãs de sábado no quarto da minha amiga. Meus pais nunca teriam pagado por aqueles outros canais, os programas de humor e todas aquelas coisas americanas, os comerciais. Não entenderiam por que esse universo paralelo me consolava, essas pessoas que haviam deixado sua existência ordinária para trás e agora viviam de brilho e fama, que gostavam da ideia de completos desconhecidos terem pôsteres delas no quarto. Admirava aquela autoconfiança, e por causa daqueles vídeos eu até achava que tinham certa elegância e que seus movimentos eram verdadeiros. Deve estar rindo outra vez aí embaixo, mas as letras das músicas não me enganavam, e naquela época ninguém cantava como era ser um menino preso no corpo de menina e querer transar com meninos. Nem sei se alguém canta isso hoje em dia, porque a cultura pop não é tão subversiva assim, e precisa ser vendável em lugares onde as pessoas não são livres. Mas fui enganada pelos corpos, e a gente precisa envelhecer bastante para entender que se tentássemos andar na rua com um daqueles trajes, mesmo se tivéssemos aquele corpo perfeito, ofereceríamos uma visão bastante trágica, e que fomos criados com tantas imagens fofas que me surpreende ainda conseguirmos olhar uns para os outros. Mas depois de um tempo, quando estava lá sentada com minha melhor amiga, sempre conseguia detectar um rubor em seu rosto, ela ficava com tesão vendo aquelas imagens. Mas, por mais que eu tentasse, a mim elas não causavam nada; minha vagina continuava completamente anestesiada, como se feita de massa de modelar da loja de brinquedos, desfigurada e inútil. Não que eu odiasse as imagens porque era uma daquelas pessoas que odeiam as coisas só porque as meninas gostam delas, é que levei muito tempo para entender meus próprios desejos, dr. Seligman, para entender que estava eternamente a um passo de realizá-los, e que escolher o meu integrante favorito de uma *boy band*, de quem na época eu me esforçava para lembrar, sempre seria uma mentira, porque meu corpo era o destinatário errado. Porque meu corpo não existia. Porque eu não conseguia ver aqueles meninos pelos olhos de uma menina. Acho que foi por isso que desenvolvi um gosto precoce por ópera e teatro; isso também era estranho, mas era um tipo de estranheza que as pessoas já tinham ouvido falar e estavam mais dispostas a engolir. Eu me sentia mais à vontade num mundo de fantasias e alegorias onde pelo menos de vez em quando a gente via uma mulher vestida de homem ou um homem dançando de collant, se mexendo de uma maneira que eu nunca tinha visto antes. Corpos que não foram criados para falar a meninos e meninas, mas que falavam a um conjunto diferente de sentidos, que iam mais fundo que tudo o que eu já tivesse experimentado antes, e me apaixonei perdidamente por esse mundo em que, durante algumas horas, tudo era possível e podíamos nos comover intensamente sem ter uma razão. Naquela época eu queria viver num palco, dr. Seligman, poder andar por aí numa fantasia que eu mesma escolhesse.

Esse amor pelo palco era uma das coisas que K. e eu tínhamos em comum. Ele também parecia hipnotizado toda vez que a cortina subia, e eu percebia que ele era tomado por um entusiasmo infantil. Ele me disse que aquele sempre tinha sido um espaço seguro, um espaço em que a gente sabia antecipadamente quais horrores nos aguardavam. Também era um dos poucos lugares onde podíamos sentar no escuro entre outras pessoas e fingir ser como elas, só mais um entre centenas de casais que ficavam de mãos dadas para demonstrar afeto nas noites de quinta-feira. Não faziam ideia do que acontecia debaixo da minha saia, e eu notava que ele ficava cada vez mais imprudente; ele sabia muito bem que podíamos acabar encontrando algum de seus muitos conhecidos — como era um homem casado, K. conhecia muitos amigos de amigos —, mas ele não estava nem aí. Só me disse que a mulher não gostava de teatro e que para ele era muito importante estar ali comigo, que isso o ajudava a lidar com as coisas. Eu demorei muito, dr. Seligman, para entender quais eram os demônios dele. Não era o corpo, porque, ao contrário de mim, ele tinha a segurança de uma estrela pop na aparência e nos movimentos. Então passei muitas horas ao lado dele no escuro me perguntando o que fazia ele fugir da sua vida perfeita para estar comigo e minha vagina cada vez mais disfuncional. Mas este é justamente um dos meus muitos defeitos, dr. Seligman, não consigo imaginar a infelicidade dos outros. Toda a minha vida me senti tão violentada pela sociedade que não aceitava que as pessoas que viviam de acordo com as regras tivessem direito à infelicidade. Queria que morressem de tanto rir por apoiar as instituições e as limitações que tornavam tudo tão difícil para mim, por pensar que, enquanto a gente preencher todas as expectativas e seguir todas as regras, flores brotarão do nosso cu até o fim dos tempos. Não queria que pudessem falar sobre dor, queria que sofressem pela própria estupidez, que morressem de fome feito aquele rei grego no meio de toda a porra da felicidade delas. Mesmo com K.: certa vez vi uma foto da mulher dele, era bonita, sabe, um pouco como a Helen, uma daquelas mulheres que não se importam de ser mulher, e demorei muito para aceitar que ele se sentisse solitário no meio de toda a felicidade e que também sentisse a pressão de ter de sorrir nas fotografias de família, ou de sorrir de modo geral. Reparou como hoje sempre esperam que a gente se divirta? Como as pessoas abrem os maiores sorrisos nas propagandas de planos de saúde ou de tratamento contra verrugas? Por elas, continuaríamos sorrindo até no sono, e o pior é que essas pessoas encaram como crítica se a gente não sorri de volta ou se a gente se recusa a se divertir. Se o senhor fosse um cirurgião plástico comum, dr. Seligman, eu pediria que silenciasse estes músculos do meu rosto e pusesse um fim na indústria da felicidade.

Tem medo de cachorros, dr. Seligman? Ou melhor, daqueles homens que vivem o que resta da sua sexualidade por meio da genitália superdimensionada dos animais de estimação? Ao que parece, os homens olham primeiro para as partes íntimas de um cachorro antes de ver qualquer outra coisa; são como vítimas dos próprios sonhos. Pense em todas as donas de cachorro a quem lançaram olhares lascivos e em todos os donos de cachorro que torturaram porque se sentiam inferiores. Ainda assim, muitas vezes esses homens se recusam a mandar castrar os cães; eles têm medo de que isso repercuta negativamente em seu próprio pau sem uso. Mas nunca me preocupei com esses cães, nunca pensei que voltariam sua carinha amável contra mim. Até K. me contar sobre seu medo de cachorros, nunca havia me ocorrido que alguns deles eram como armas sem licença numa coleira, que aqueles dentes podiam rasgar a minha carne, que aquelas mandíbulas eram fortes o suficiente para mastigar meus ossos. No início foi muito estranho para mim, dr. Seligman, porque, se o senhor visse K., acharia que ele era um homem grande, dotado do tipo de físico que sai ileso. Mas o corpo que os outros veem nunca é o corpo que vemos, e sempre que K. avistava um cachorro, ele atravessava a rua. Só de caminhar ao lado dele eu sentia como seu corpo se congelava de medo. Achava muito triste que seu orgulho fosse tão vulnerável, que todo mundo pudesse ver que havia uma ferida que sua pele não conseguia apagar. Era como ver alguém levando um soco da própria mão. A gente nunca falava desse medo, tampouco do medo do escuro que ele sentia, porque sempre achei que não existe nada mais íntimo que o medo, e K. era um verdadeiro colecionador de medos. Seria preciso mais que uma vida inteira para arquivar todos. No que pensa quando ouve a palavra medo, dr. Seligman? Eu penso numa parte do meu corpo que não conheço, mas que tenho certeza de que existe, uma carne rosada de antes de eu nascer. Algo que não quer ser tocado porque ainda não tem a proteção da pele, como uma versão de mim que nunca teve a chance de viver e que respira no escuro, em algum lugar, com medo de ser descoberta pelas mãos erradas. Úmida e disforme. Mas o senhor, dr. Seligman, pensa em *Angst*? Nos meus ancestrais de uniforme e em seus cachorros? K. me fez pensar muito nessa imagem, como a violência se intensifica se é terceirizada a um animal que nasceu bem-intencionado, que nos teria protegido em outras circunstâncias. Um animal do qual tiraram a dignidade para que nós ficássemos na mesma posição. Mas nem teriam dado a chance de a gente ser um gladiador, partiriam diretamente para a humilhação, para o poder de quem acha que corrompeu a natureza em benefício próprio. O que me leva a outra preocupação, dr. Seligman. A violência é um brinquedo bem masculino, e sinto que, ao passar por este processo, estou me abrindo a essas possibilidades. Corro o risco de me tornar um daqueles homens alemães com cara de salsicha que precisam de um enorme pênis canino, e isso me preocupa, dr. Seligman, me preocupa mesmo.

Acho que essa é uma das razões que me trouxeram até aqui. Para ser sincera, provavelmente é a razão principal, e sei que pode soar um pouco estranho, dr. Seligman, mas quando eu era mais nova sempre pensava que a única maneira de superar realmente o holocausto seria amar um homem judeu. Não qualquer judeu, mas um judeu de verdade, com cachos e solidéu. Um devoto que lê a Torá e não sai de casa sem um chapéu preto. Sei que seria de mau gosto, e só estou contando isso para o senhor entender de onde venho, e talvez também para confessar que sempre tive uma queda por aqueles cachos. Eu mesma passei por uma fase de fingir que ainda tinha o cabelo cacheado, que odiava tanto, e enrolava bobes no cabelo toda noite, e adorava a ideia de que um homem fizesse o mesmo. De repente tudo ficava mais fluido e eu me sentia menos menina ao fazer isso. Ficava pensando como seria tirarmos os bobes um do outro de manhã, como seria delicado. Mas claro que é bobagem pensar que seria possível perdoar um crime em nome de outra pessoa, e que a minha vagina, de outra maneira inútil, poderia subitamente se tornar um símbolo da paz ao receber um daqueles lindos paus circuncidados. Além do mais, onde morávamos não havia judeus, nem sequer uma lembrança de que um dia eles viveram lá, nada além daquele estranho silêncio alemão que comecei a temer mais do que qualquer outra coisa. Esse jeito de fazer de conta que tudo foi engolido pelas ruínas. Teria sido preciso me mudar para uma cidade maior para encontrar o meu judeu, mas, embora gostasse da ideia de contar meus planos ao meu pai e ao meu avô, não tive coragem de sair em busca do meu Shlomo. Era assim que me referia ao meu novo amor, dr. Seligman. Sempre gostei desse nome. Nem sei se meu pai teria alguma reação — os remédios encobertariam grande parte do seu desespero —, mas ainda assim teria gostado de explorar essas partes sensíveis da minha família, esse tecido que cresceu ao redor do nosso passado. Tentar alcançar o outro lado do vão que existe entre nós e o que poderíamos ter sido se não tivéssemos decidido mudar as coisas para sempre num momento de fúria genocida. Jamais consegui entender completamente o que fizemos, dr. Seligman, o que significa aniquilar uma civilização inteira, mas sempre senti que havia crescido num país fantasmagórico, com mais mortos do que vivos, que vivíamos em cidades construídas ao redor dos restos de lugares onde nossas cidades estiveram, e todos os dias era como se caminhássemos sobre alguma coisa que não deveria estar lá. Sempre tive a impressão de que havíamos nos aniquilado também. E sempre achei que, se encontrasse Shlomo, eu encontraria uma maneira de voltar às coisas como eram antes, recuperaria um fragmento do que havia sido irremediavelmente perdido. Mas, claro, não tem como voltar, e duvido muito que pudesse seduzir o pobre Shlomo com as minhas partes íntimas, e admiro mesmo a sua coragem, dr. Seligman, de pôr as mãos numa vagina alemã. Prometo que vai valer a pena, porque o senhor não só está garantindo que eu nunca vou parir, como também está dando a uma mulher alemã um pau judeu. Isso é muito mais radical do que o meu caso com Shlomo poderia ser, não acha? É como se o *Übermensch* finalmente se tornasse real. Quase sinto a Sol nascendo acima da minha cabeça e os trompetes se preparando ao fundo enquanto caminhamos de mãos dadas, com a convicção de que esta é a verdadeira vitória. De que desta vez será um projeto de paz. Deveríamos ter pensado em pedir financiamento à União Europeia; nosso projeto poderia ter se chamado algo como "Trocando formas e mentes: Como a aquisição de um pênis judeu mudou minha vida". Não acha, dr. Seligman? Poderíamos ter ficado famosos.

Sei que me perguntou isso mais cedo, mas não contei a ninguém sobre nossa consulta. Não que tenha vergonha, mas prefiro contar depois que as coisas acontecerem. Gosto do inevitável. Claro que um dia vou contar aos meus pais, mas, sabe, minha mãe sempre quis que eu fosse professora, uma senhora professora, e não alguém demitida de um cargo administrativo de terceiro escalão que gastou uma pequena fortuna num pau. Então isto vai ser difícil pra ela, e ela também vai se perguntar de onde tirei o dinheiro. O desejo de ser professora veio da minha avó, que nunca conseguiu ser professora porque, como no caso da minha mãe, não havia dinheiro suficiente para que uma mulher estudasse, e quando minha mãe conheceu meu pai e as máquinas de lavar roupa já era tarde demais. Mas a vida sempre concede a opção de perturbar os filhos para compensar os próprios fracassos. Mesmo que a gente não tenha conquistado nada, sempre pode trepar com alguém e deixar que os filhos se encarreguem do resto, ainda que meus pais tenham, claro, uma foto romântica do casamento para provar a sinceridade de suas emoções. Não fui apenas o produto da decepção deles, ou pelo menos é o que dizem. Mas de qualquer modo decepcionei meus pais, e nada me faz ver mais claramente o absurdo da minha situação do que quando tento me imaginar como uma daquelas professoras alemãs que empinam os peitos orgulhosamente diante de uma sala cheia de adolescentes que teriam de me chamar de Frau Göring-Mengele, ou Bormann-Speer, ou simplesmente Fräulein Adolf. Rio só de imaginar: eu, responsável por educar os jovens, levando uma vida automaticamente compreensível por todos. Não que às vezes eu não inveje essas pessoas, dr. Seligman; quando estou deprimida, me pergunto quanto vale o pouco de liberdade que tenho e se não haveria mesmo um jeito de eu ter me controlado, me reconciliado com meus peitos, e ter feito gerações de crianças odiarem música e literatura. Nunca tive uma mente voltada para a ciência. Mas isso não teria durado, porque se a gente decide levar uma vida assim, tem de viver essa vida mesmo, e se as pessoas ficarem sabendo por aí que a gente gosta de chupar desconhecidos em banheiros públicos, não vão mais confiar seus filhos a nós. Virão atrás da gente com seus forcados assim que perceberem que era o marido delas que tínhamos entre os lábios. Como mulher, teria que ter me casado para não ser uma fonte de perigo, e isso sempre esteve fora de questão. Nunca tive esse sonho, dr. Seligman, nem quando pequena.

Ainda acredito que K. teria me encontrado de um jeito ou de outro, e que não se importaria com uma aliança no meu dedo, nem eu. Nada teria impedido nossos jogos, e ele me faria voltar àqueles locais de qualquer jeito. Não que não pudéssemos pagar por um quarto de hotel de vez em quando, mas atuar em público deixava K. com tesão. Em tudo o que fazia, dr. Seligman, K. sempre procurava se expor em lugares seguros, e nunca conheci alguém menos reservado do que aquele homem. Seu jogo favorito era escolher um homem pra transar comigo e ficar escutando atrás da porta. Pode ser que isso choque o senhor, mas confiei em K. desde o primeiro minuto, e adorava ser dominada daquela maneira; e também adorava a emoção de nunca saber se a gente se encontraria para beber alguma coisa ou se ele teria outros planos pra mim. Quando eu me comportava mal, ele escolhia um homem bem pouco atraente, um daqueles que só poderiam obter sexo por piedade. Sempre me surpreende como é fácil oferecer sexo oral a estranhos. É quase como se não contasse, porque não existe o risco de fazer um bebê, não é bem o encontro de dois corpos iguais, é mais uma boca como fonte de alívio. Mas nunca me preocupei com nada disso. Havia me tornado indiferente a este corpo e ao que acontecia com ele, porque acho que àquela altura já havia decidido vir ao seu consultório, e minha época com K. era praticamente uma festa numa casa que a gente sabe que vai ser demolida. É tudo sem consequências. Também gostava daqueles outros jogos, quando ele me fazia deitar no chão do ateliê e dizia para me masturbar enquanto ele trabalhava, caminhava ou atendia o telefone, e eu não podia parar até que ele mandasse. Nunca havia experimentado tanto prazer antes, e mesmo assim me incomodava que em alguns daqueles jogos eu sempre tivesse que fazer o papel da mulher. Entendia que K. escolhesse homens héteros para os nossos jogos, mas acho que ele ficava com raiva quando me via olhar para aqueles outros homens, homens que faziam amor entre si — ele não era possessivo com relação àquilo que também podia oferecer, sabia que era bom nisso. Mas quanto a isso... Ele não gostava quando percebia que eu desejava aqueles caras, dr. Seligman, e quando me dei conta de que K. era mais do que eu pensava, era tarde demais. Quando entendi que havia me tornado muito valiosa para ele e que não é verdade que as estrelas mais vermelhas são sempre as mais frias.

Não quero ser má de novo, e sei que de uma maneira tortuosa ele até poderia ser considerado um colega distante seu, mas acabo de me lembrar de uma pergunta de Jason, a mais idiota que ele me fez, dr. Seligman. Um dia, depois que eu já tinha me acomodado naquela cadeira delicada sem encosto pra cabeça que ele achava apropriada para os pacientes, e antes que pudesse sair por uma das minhas tangentes malucas de novo, ele me perguntou se eu achava que tinha sido uma boa filha. Não se eu tinha sido uma boa filha, mas se eu achava que tinha sido uma boa filha. Só alguém que cresceu no Reino Unido pode fazer uma pergunta dessas, não? Como se a nossa história dependesse da gente e da nossa interpretação, como se tivéssemos algum poder sobre ela, como se fosse uma situação feliz. Aquilo não me deixou com raiva, mas de repente tive muita inveja, porque percebi que nem todo mundo teve a mesma criação que eu, a pessoa podia olhar para trás e ficar feliz. Os fatos podiam ser flexíveis. Quer dizer, sei que na condição de alemães nós nunca vamos escapar do nosso passado e simplesmente plantar flores alegres em nossos jardins; nossa perspectiva será sempre arrastada até a morte e muito parecida com o concreto. É assim mesmo, mas a pergunta de Jason não só me fez perceber que as pessoas aqui pensam que conseguem interferir em seu passado, como elas também estão livres dos problemas da culpa. Como ganharam uma guerra, sempre podem alegar que pensavam ser boas. Elas têm até uma rainha, e sempre dão a entender que só precisam construir monumentos em louvor a si mesmas e não para os crimes que cometeram em outros lugares. Lembro quando me mudei para cá; era tão fascinante que os soldados pudessem ser heróis, e que tudo o que restava de um império que se espalhou pelo mundo fosse um amor pelo exótico — pelo açúcar, pelo rum, por especiarias — e o conforto de uma língua falada universalmente. Consegue atinar o que significa para alguém como eu imaginar o luxo de ter um passado limpo, dr. Seligman? Deve ser como descobrir um modo aceitável de transar com filhotes de cachorro, de afundar em infinitas camadas de pelos macios e nunca mais sentir nada desagradável. Eu me pergunto se alguém deveria contar isso ao sr. Shimada, que o que as pessoas realmente querem é esquecimento e pelos macios, e não uma foda robótica completa. Não lembro o que respondi a Jason — tenho certeza de que achei uma maneira de voltar às minhas desgraças de sempre sem revelar qualquer coisa muito importante, ou talvez tenha fingido não lembrar muito sobre meu passado —, mas agora que penso nisso, outra história me vem à mente. Apesar desse processo ter se normalizado há muito tempo, ainda me sinto um pouco estranha, como se estivesse sendo desonesta, quando na verdade não é bem assim. Porque a história em que estou pensando e que gostaria de contar a Jason agora não é minha, mas uma das histórias de k., e o senhor pode pensar que ela se qualificaria como uma mentira, mas para mim é diferente, dr. Seligman, porque, pra ser sincera, não consigo lembrar quem eu era antes de conhecer k.

Isso já aconteceu com o senhor, dr. Seligman? Alguém dividiu o senhor em duas versões de si mesmo? O antes e o depois. Quando cada palavra que dizemos de repente parece um tanto estranha porque temos a vaga sensação de que a nossa língua se mexia de um jeito diferente antes, mas não tem como saber como era. E de repente começamos a sentir um orgulho estranho de nossas imperfeições, e nossos movimentos parecem ter se ajustado à realidade de outra pessoa. Nunca senti essa tristeza repentina antes, e poderia jurar que meu nariz era reto, que antes havia uma simetria que distinguia meu rosto dos outros. Não consigo entender por que de repente meus olhos estão tão verdes. É quase como se k. tivesse derramado um pouco da sua púrpura em minhas veias e em meus ossos, para garantir que todo mundo pudesse ver os traços que ele deixou, ver que pertenci a ele de uma forma que só os amantes acham que se pertencem um ao outro. Que cada som que saísse do meu corpo teria o timbre da sua voz, e cada movimento, a relutância de seus dedos quando ele já tivesse satisfeito suas vontades. E penso que de certo modo é isso que somos: a história de outras pessoas. Não existe a possibilidade de ser quem somos. Tentei durante tantos anos ser alguma coisa que considerassem genuína, mas agora sei que sou apenas o produto de todas as vozes que já ouvi e de todas as cores que já vi, e que tudo o que a gente faz causa sofrimento em alguma parte. De certo modo, na verdade não importa de quem é a história, e, em retrospectiva, não acho que a gente, K. e eu, tenha se separado nesse sentido. Sei que ele não se importaria, que adoraria que seu passado fosse exposto, e tenho certeza de que mesmo o senhor, dr. Seligman, com as sete molduras misteriosas em cima da sua mesa, é feito de outras histórias. Sabe, de certa forma começo a sentir que existe um outro lado seu, que talvez essas molduras não exibam as fotos de seus filhos e netos, que talvez exibam seus sete pecados favoritos. Com a mudança da luz, minha cabeça começa a devanear um pouco — acho que consigo ver os primeiros flocos de neve dançando do lado de fora da sua janela —, e começo a sentir que o senhor é capaz de mais do que apenas amar uma esposa. Por favor não pense que eu o julgaria; pelo contrário, admiro as perversões, e adoraria se todas as manhãs, depois de tomar o café com sua mulher, o senhor subisse aqui para se masturbar diante de uma depravação diferente enquanto espera a primeira consulta. Foi assim que conseguiu sorrir para sua mulher durante todos esses anos. Ou mesmo quando está ao telefone, se é que atende o telefone, ou com um paciente, sempre pode ser charmoso e tranquilo, pois o interlocutor não sabe que está falando com outra pessoa. Que seu respeitável médico judeu às vezes goza com pequenos retratos do nosso falecido Führer. Nada me faria mais feliz, dr. Seligman, do que o senhor dispor de fotos diferentes de nazistas diferentes para cada dia da semana e reivindicar o que é seu por direito, gozando sobre seus rostinhos imóveis.

Enfim, a história que K. me contou e que agora eu gostaria de contar a Jason, dr. Seligman, era a história de como, quando K. era pequeno, ele costumava escrever cartas a pessoas de quem não gostava, deixando os pais nas situações mais constrangedoras, porque é claro que a maioria das pessoas era amiga e vizinha deles. Naquela época era possível encontrar o endereço de todo mundo na lista telefônica; de certa forma, as coisas eram muito menos privadas. Então K. escrevia tudo que não gostava nessas pessoas, e, dado seu talento para a observação e a maldade, é provável que não tenha poupado nenhum detalhe. O senhor consegue se imaginar fazendo uma coisa dessas aos oito ou nove anos, dr. Seligman? Eu nem ousava desmanchar minhas tranças sem permissão, e K. pegou um martelo e destruiu a vida social dos pais, porque, sendo a criança que era, também escrevia tudo o que os pais tinham dito sobre aquelas pessoas. Revelava o que as pessoas sempre fingem que não sabem, que não é comum gostar de verdade uns dos outros, e que a maioria de nossos construtos sociais é produzida por força ou por vantagem. Ainda consigo imaginar K. fazendo isso, pegando uma caneta e dizendo as coisas como elas são, e foi melhor mesmo que ele tenha se tornado artista; ninguém leva os artistas tão a sério a ponto de causar um escândalo. No entanto, me pergunto por que algumas pessoas nasceram com tanta liberdade, com uma confiança que sempre lhes permite comer os melhores pedaços antes, enquanto outras, como eu, precisamos de metade de nossa vida e da herança do avô para expressar nosso desejo mais ardente. O senhor não tem ideia do tempo que levei para perceber que meu nome não era meu nome, dr. Seligman, que não era por preguiça que eu não respondia no jardim de infância, mas porque naquela época eu sabia intuitivamente uma coisa que depois esqueci. Porque eu simplesmente não conseguia me identificar com esse nome, o nome de uma menina, uma mulher, o nome de alguém com vagina. Aquele animalzinho que às vezes parecia uma lesma entre as minhas pernas. Até hoje estremeço quando me chamam de Frau ou senhora ou senhorita. Nunca senti que alguma dessas categorias pudesse descrever quem eu era de fato, e mal posso esperar o dia em que o senhor vai ter me dado um belo pau, circuncidado e tudo, e poderei finalmente pedir ao mundo que me chame pelo meu nome verdadeiro, o nome que deveriam ter me dado há tantos anos. Então, de certo modo, isto é um batismo, dr. Seligman: o senhor é uma espécie de padre que me acolhe novamente em meu reino há muito perdido.

Não é uma pergunta estranha de jeito nenhum, dr. Seligman, mas não tenho raiva dos meus pais, mesmo. Quer dizer, como é que eles iam saber que tinham parido uma aberração? Não tiveram outros filhos, então talvez tenham, sim, percebido que alguma coisa não estava bem, mas não acho que tivessem considerado essa possibilidade quando decidiram me ter; minha mãe sempre foi vaidosa demais para isso. Era o tipo de mulher que nunca enxergava o que havia na vitrine de uma loja porque estava muito ocupada olhando para o próprio reflexo. Nunca teria pensado que a filha fosse menos que perfeita. Eu odiava todas aquelas coisas de mulher, a nécessaire enorme de maquiagem, o laquê no banheiro que deixava meus pulmões pegajosos, as roupas imaculadas que nunca podiam ter buracos ou manchas, o modo como eu não conseguia andar direito de vestido. E a vergonha que senti quando minha vagina começou a sangrar. A maneira como minha mãe nunca parava de me impor o seu mundo, como tive que ir a um dermatologista por causa das minhas pintas e cobrir as pernas com aquelas meias-calças brilhantes horríveis. Como eu era ao mesmo tempo a sua rival e o seu produto, e como eu deveria ser comível no lugar dela quando as suas pernas estivessem cansadas demais. Como numa família de gatos de rua, em que alguém sempre tem que se virar para eles continuarem existindo. Ficava muito confusa com o modo como ela tentava me exibir para as pessoas, os amigos e a nossa suposta família, quando sabia muito bem que não havia nada que valesse a pena exibir. O pior era quando me levava para fazer compras, dr. Seligman, aquela atividade imbecil em que as pessoas deliberadamente confundem meios e objetivos para sair de casa e fazem de conta que é realmente possível comprar calças novas. Sabe essas mães que vão às compras com as filhas, as duas quase idênticas? Essas filhas perfeitinhas, que mal saíram da primeira camada da gosma com a qual nasceram e se deixaram moldar numa réplica exata das suas criadoras? Hoje elas me assustam, mas naquela época eu invejava aquelas duas, porque minha mãe e eu sempre parecíamos uma senhora chique levando o Quasímodo numa coleira, ou pelo menos era assim que eu me sentia, porque nunca soube o que fazer com o meu cabelo, nem como parecer uma menina num vestido para fazer minha mãe feliz. Ela deve ter sofrido com a minha vergonha, a minha incapacidade de falar sobre o que me refreava, por que não gostava de nenhum garoto da escola e só usava desodorante quando me obrigavam. Acho que teve imaginação suficiente para pensar que eu tinha virado uma lésbica que só usava calças, porque nem todas as garotas usavam calças naquela época, mas nada mais que isso. Quem me dera eu tivesse entendido, dr. Seligman; quem me dera eu tivesse sabido que ela agia assim pela insegurança inerente à maioria das mulheres, que elas têm tanto medo do corpo que fariam qualquer coisa para ter uma aparência e um cheiro aceitáveis, que usam aquelas meinhas ridículas para que os pés não cheirem mal no verão e que toda a maquiagem que a minha mãe tentava passar no meu rosto era uma forma de pintura de guerra, era a sua maneira de tentar me proteger do mundo, porque todos sabem o que acontece com aquelas que se rebelam; sabem que as fogueiras das bruxas ainda estão reluzindo lá no fundo. Boa parte do mal-estar entre nós duas se devia a uma desnecessária ansiedade de desempenho imposta por um mundo que tentava manter as pessoas sem pau em seus devidos lugares, e quem me dera nós duas tivéssemos sido mais inteligentes. Mas agora, dr. Seligman, pela primeira vez na vida sinto que estou sendo forte, por nós duas, que me libertei daquelas correntes de batom e cabelos perfeitos e posso me orgulhar de meus pés cansados e dos pelos ao redor dos mamilos. Sei que um dia iremos às compras juntas e ela finalmente ficará orgulhosa deste corpo que nós duas odiávamos tanto. Tenho certeza disso, dr. Seligman, porque recentemente consegui enfim perdoar minha mãe. Como tudo isso às vezes me faz sentir muito solitária, comecei a usar algumas roupas antigas dela, os cardigãs e os lenços — sempre fui muito gorda para as outras peças —, e acho que isso é um sinal de que ela começou a me fazer falta naquele lugar em que eu deveria ter amado há tanto tempo. Não há o que eu admire mais do que as pessoas que encontram uma maneira de amar suas mães; para mim, esse é o maior desafio da vida, a única coisa que faria do mundo um lugar melhor.

Acho que a sua assistente adormeceu. Ou o senhor tem horários de atendimento tão exclusivos que somente pessoas especiais conseguem deixar mensagens? O telefone está tocando há bastante tempo. Quase coro de vergonha por estar passando tanto tempo comigo, dr. Seligman; o senhor deve ser um homem bom, e tenho certeza de que sempre beija sua mulher ao sair de casa. K. não gostava muito de ficar de mãos dadas, nem de abraçar, nenhuma dessas coisas que demonstram afeto. Não era esse o tipo de intimidade que ele procurava, e durante muito tempo pensei que reservava esse comportamento para a mulher e os filhos, que de certa forma as coisas se confundiriam se ele fosse carinhoso com duas pessoas. Porque a infidelidade é uma questão de pequenos movimentos, daqueles poucos segundos em que não estamos prestando atenção e abandonamos a farsa que a vida nos ensinou a interpretar. Essa diferença não me importava muito, sempre achei que estava tendo a melhor parte quando K. cuspia na minha vagina em vez de usar lubrificante, e a temperatura fria da saliva enquanto pingava de seus lábios por alguns instantes me fazia esquecer de odiar meu corpo. Simplesmente não conseguia imaginar que ele fosse assim com a mulher dele, mas também não me importava, dr. Seligman. O senhor acha isso difícil de acreditar, mas nunca sonhei estar no lugar dela. Jamais quis saber como ele era de manhã, e sempre tive certeza a respeito de nós, e como não fui criada com muito afeto, a frieza dele não me importava. Mas para K. tudo isso deve ter significado outra coisa. Porque aquele dia em que estávamos num quarto de hotel, sem tinta para sinalizar o óbvio fim do nosso encontro, achei estranho tocar nele com os dedos limpos, e só toquei seus cabelos como um gesto final. Nada mais, dr. Seligman, só algumas carícias, e de repente o corpo dele ficou tenso, como um animal selvagem que calculasse se ia atacar ou não, como se estivesse medindo o medo diante das possibilidades de sair do quarto de hotel sendo a mesma pessoa que era quando entrou. Se aquilo era o início ou o fim da sua liberdade. Eu não sabia o que fazer; com medo de qualquer movimento repentino, só parei e esperei, e antes que pudesse retirar a minha mão, devagar, K. se encolheu na cama diante de mim, só de camiseta, e de repente vi aquela criança chorando, aquela de quem falei antes. O menininho que não consegue achar uma saída do escuro e está exausto das reações do corpo diante do medo. Não lembro quanto tempo ele chorou, mas quando finalmente tentei abraçá-lo percebi que ainda havia muito a ser confortado, que meu corpo ainda era muito menor que o dele, e só me restava observar enquanto ele caminhava por aqueles corredores antigos, repletos dos horrores que só ele conseguia ver. Diante do medo nós nos tornamos animais, dr. Seligman, nós nos isolamos do conforto de uma linguagem comum; ficamos sozinhos, apenas com nossos instintos para nos defender. Ainda assim, acho que foram aquelas lágrimas que uniram ele a mim; deve ter sido um grande alívio finalmente descobrir alguém com quem pudesse chorar, e depois disso começamos a nos encontrar em quartos de hotel mais vezes. Longe das cores do ateliê, ele era uma criança que está aprendendo a sair de casa sem o brinquedo favorito.

Os corpos — e não me refiro apenas aos corpos humanos, dr. Seligman — continuam sendo muito estranhos para mim. Acho que nunca tive um olho muito bom para corpos. Nunca soube quanta sopa cabia num Tupperware, nunca pude estimar a altura de alguém ou o tamanho de seu pulôver. Em compensação, sempre calculava o tamanho das pessoas segundo a personalidade, o espaço que elas precisavam para se expressar. O senhor deve ter uma noção muito melhor dessas proporções, e deve ver as pessoas de uma maneira muito diferente, mas eu, por exemplo, não consigo imaginar meu pai como um homem grande. Para mim, sua insignificância generalizada estava ligada à realidade física, e o resultado era um homem minúsculo que precisava se esforçar muito para alcançar os botões da máquina de lavar. Um homem criado por homens que não se ensinaram a crescer. Ou o Jason: na minha cabeça, seus pés estão balançando na cadeira, e talvez isso faça parte do problema, jamais consigo ver os corpos como eles realmente são. E aí incluo o meu, porque sempre me senti muito mal com ele, porque estava muito em desacordo com o mundo. Sempre achava que era enorme, como uma irregularidade que de repente a gente descobre com a língua. Sempre achei minhas proporções escandalosas. E ainda por cima há todas as regras imbecis aplicadas ao corpo das mulheres: como o peito nu de uma mulher está nu, mas o peito nu de um homem não está nu, e como eu teria que usar a parte de cima do biquíni enquanto todos os meninos podiam fazer topless, como precisei aceitar que essa parte do meu corpo era sexual, precisava ser escondida. Isso tornou tudo bastante difícil para mim, e sempre tive a sensação de que devia estar vendo algo diferente do que realmente via, como se existisse uma coreografia secreta que tivessem ensinado a todo mundo, menos a mim. Então fui adiante, aos trancos e barrancos, tentando encontrar aquele ritmo misterioso que ligava as pessoas a seus desejos. Sabe, eu me sinto mal dizendo essas coisas sobre meu pai quando ainda nem falei da minha mãe. Era impossível não lembrar de um daqueles pássaros de plumagem ridícula quando eu via minha mãe, principalmente se eu estava sentada atrás dela no carro. A palavra *Wiedehopf* me ocorria obsessivamente enquanto observava seu castelo capilar chacoalhando para cima e para baixo naquelas estradas rurais. Mas nunca me senti mal por causa disso. O senhor acha que nos ensinam a respeitar tanto o pai porque nunca vamos saber com certeza se ele é de fato nosso pai? Sei que agora existem provas científicas, mas essas coisas demoram séculos para sair da cabeça, são como aqueles coelhos que morrem de susto quando a gente levanta eles porque ainda têm medo das águias, mesmo que consigam nos ver e que as águias estejam há muito extintas. Mas é que somos mais impetuosos quando veneramos coisas que não existem, como raça, ou dinheiro, ou Deus, ou simplesmente nosso pai.

Deus era homem também, claro. Um pai que conseguia ver tudo, de quem a gente não podia se esconder nem no banheiro, e que estava sempre furibundo. É provável que tivesse um pênis do tamanho de um cigarro. O tipo de homem que caça leões e ultrapassa as mulheres na piscina. Claro que é mais fácil ser religioso quando se é homem, e até hoje não entendo como é que uma mulher já tenha pisado numa igreja, ou em qualquer outro templo, dr. Seligman, uma vez que nenhuma religião já disse alguma coisa boa sobre as mulheres. Nunca entendi por que minha mãe acreditava em Jesus e tinha um altar secreto com toda aquela parafernália brilhante escondido num canto do quarto. Por que ela faria parte de um culto religioso que não ensina nada além de vergonha e medo, que inventou toda aquela bobagem sobre mães sagradas e prostitutas, que temia as vaginas? Porque, na verdade, é disso que se trata, não é? Além de encontrar uma maneira de não morrer, de continuar vivendo em algum lugar entre as nuvens com todas as pessoas de que, pra início de conversa, a gente não gosta, essa é uma maneira de tentar manter viva a diferença entre as pessoas com ou sem pau. Falam de inveja do pênis, mas veja até onde as pessoas estão dispostas a ir para mutilar e destruir vaginas, para dizer às mulheres que o prazer não é para elas, que existe uma coisa chamada ser boa pessoa. Vamos lá, quantas mulheres já encheram páginas e páginas de livros sobre paus e como os homens devem se vestir, pensar e sonhar? Sobre como tinham que ser uma figura maternal comível, com unhas limpas e muitos lenços de papel na bolsa? Nunca entendi como Deus, que era incapaz de parir, fosse a origem de toda a vida, como um homem poderia ser o nosso criador. A não ser, claro, que se tratasse do que em alemão chamaríamos de *Arschgeburt*, algo que foi parido pelo cu. Talvez este mundo seja isso, dr. Seligman: algo saído do cu de um homem sagrado, os restos de estrelas partidas e de um universo em implosão.

Já que está me perguntando, dr. Seligman, havia, sim, outra coisa que K. me contou sobre a infância dele. Ele me contou que muitas vezes sonhava se enforcar no jardim da casa dos pais.

Tinha até escolhido uma determinada árvore, e sempre soube que isso precisaria ser feito à luz tênue de um dia de inverno, nunca na escuridão total, com suaves flocos de neve em seus braços e ombros, claros e brilhantes em contraste com seu casaco escuro, como os diamantes no cabelo de Sissi, a imperatriz. Não me disse por que se sentia assim, mas não importa; nem sempre existe um motivo pra gente se sentir de uma certa maneira. Não está sempre relacionado a um trauma, ao que outras pessoas fizeram, porque às vezes somos os artífices da nossa própria tristeza. Foi o que ele me disse, e nesse momento não chorava; não estávamos num quarto de hotel, dr. Seligman, mas no chão do ateliê, e ele havia pegado um pincel grande e tinha começado a pintar todo o meu corpo de púrpura. Os pelos do seu peito estavam escuros de suor. Ele nunca tinha feito isso antes e sorria enquanto me pintava, e sorria mesmo enquanto me contava sobre essa imagem da infância. Perguntei por que nunca havia tentado pintar essa imagem, representar essa imagem num lugar fora de si, mas ele se limitou a fazer um ruído engraçado em vez de rir, e continuou pintando a minha pele, com pinceladas muito mais firmes e seguras que as minhas, como se tivesse um motivo real para me deixar púrpura. A imagem não me assusta, ele disse depois de algum tempo, dr. Seligman. E eu só pinto as coisas que me assustam, como cachorros e ratos, espaços confinados e alturas. Tudo o que vê nas telas ao redor são os meus medos, meu strudelzinho — era assim que ele me chamava —, mas a imagem do jardim dos meus pais, a árvore que conheço tão bem, e todos aqueles tons diferentes de verde e cinza e azul e o meu corpo pequeno dependurado diante do belo cenário que era a última luz do dia, e talvez alguma neve no chão, o último calor que saía do meu corpo diminuto visível no ar frio do inverno — essa imagem não me assusta. Essa imagem é minha única fonte de consolo, é a única coisa em que sempre acreditei, a única liberdade que tenho. É o que me permite levantar da cama de manhã depois de ter pensado, uma hora antes, que não ia conseguir. Consigo dormir à noite sabendo que essa imagem sempre vai estar lá. Que nessa árvore ainda crescem galhos fortes o suficiente para tirar uma vida.

Foi como se as coisas começassem a mudar, dr. Seligman, quando percebi o que realmente estava acontecendo. Talvez tudo tivesse que acontecer para que eu finalmente entendesse que precisava vir a esta consulta com o senhor, que o único consolo verdadeiro que podemos encontrar na vida é ser livre das nossas mentiras. Que era meu dever terminar esta farsa. Naquele momento eu soube que nunca seria capaz de apagar tudo o que havia visto, que não apenas pensava fora da caixa, mas que tinha botado fogo na caixa havia muitos anos e me recusava a olhar para o isqueiro na minha mão. Não consigo descrever a sensação, dr. Seligman, de quando a gente percebe pela primeira vez o que significa olhar para um homem livre das restrições de seu corpo, de quando a gente aprende a ver com os próprios olhos, de quando a gente percebe que nossa vagina não é real e que tudo o que pensávamos ser real sobre o desejo não é verdadeiro. Não sei quão aberto você é, dr. Seligman, e que tipo de coisa já deve ter experimentado, mas jamais consegui voltar àquelas regras e estéticas, jamais consegui olhar para к. como uma mulher teria olhado para ele. Como minha mãe teria olhado para ele. No entanto, tentei, porque com ele as coisas eram diferentes, porque ele às vezes se deixava desejar daquelas outras maneiras, e porque eu gostava de pensar que ele sabia. Que ele fazia esses jogos para satisfazer a minha outra parte, e que enquanto me deixasse pintar sua pele com suas lindas cores eu me esqueceria completamente das minhas mentiras. Que havia cores suficientes no ateliê para me reconciliar com a minha vida de mulher. Acredito mesmo, dr. Seligman, que não sou má por natureza, mas fiquei má por causa das circunstâncias, pela impossibilidade de, por mais que se tente, transcender a realidade física mentalmente, foder apenas com a fé. É por isso que todas as religiões estão condenadas a nos abandonar no final. Porque quando acordamos à noite e o único homem que pensamos que conseguiríamos amar dorme ao nosso lado, e nosso corpo está coberto de tudo aquilo que tínhamos a oferecer um ao outro, e parecemos amantes de verdade, e ainda assim tudo soa errado, parece que estamos mentindo e traindo, como uma sereia que afunda o navio do seu amado — aí sabemos que nenhum discípulo jamais entendeu o que significa estar apaixonado.

Acredita em inferno, dr. Seligman? Ou judeus só vão para o céu? Não acredito em nenhum deles, mas ainda me assustam às vezes, e quem inventou a ideia do sofrimento eterno devia ter uma cabeça muito doentia. Alguém com uma alma confusa e ratos demais no quarto; ou então por que sairia dizendo às pessoas que a dor que elas suportaram na vida não era suficiente? Negaria a elas esse último consolo? Às vezes tenho pesadelos, dr. Seligman, estou sangrando sem parar, dói muito, uma veia se abriu no meu cotovelo e o sangue não para de sair, mas não morro, e não tem como estancar o sangramento ou a dor, e como estou sempre muito cansada, não acordo nunca. De manhã leva um bom tempo para esses espectros irem embora. Mas o senhor no céu, dr. Seligman, é uma ideia que me agrada, o senhor merece muito sentar numa nuvem fofa por realizar este milagre, por me deixar escapar da minha árvore, finalmente. Não é engraçado ter medo de uma coisa em que não acreditamos? Eu me sentia assim com relação ao amor, me assustava a ideia de ficar amarrada a alguém. Sempre fui uma criatura selvagem tentando escapar do laço no pescoço, aterrorizada com os possíveis confortos do cativeiro. Jamais quis que soubessem o que realmente acontecia dentro das minhas calças, e é por isso que precisei ameaçar meu colega com aquele grampeador, para sinalizar que não estava pronta para a jaula, que pisaria em todas as flores e biscoitos que ousassem me oferecer. Aquele único momento de excesso depois de beber com colegas do trabalho não significa que alguma coisa tenha mudado, que se possa reivindicar alguma coisa ou que a ternura tenha sido permitida mais uma vez no campo aberto do nosso cotidiano. Mas claro que um homem rejeitado é um javali no cio, e pensar em justiça não é uma alternativa, ele não poupa nem as árvores, e só peguei o grampeador quando ele começou a falar sobre relacionamentos amorosos — a arma mais perigosa de um homem — e de repente enxerguei papel de parede, salas bem iluminadas e crianças, e fiquei tão chocada com a audácia dele de só ver em mim uma mulher que disse que grampearia ele até a morte. Não costumo ser tão violenta, dr. Seligman, e tenho certeza de que o senhor sabe como seria difícil fazer isso de verdade. Demoraria muito, e eu não diria que sou uma pessoa que se empenhe pra valer. Comigo nada dura muito.

Minhas pernas estão começando a cansar, fazia muito tempo que elas não ficavam assim abertas para alguém, dr. Seligman, mas acho que esta nossa nova amizade é especial em muitos sentidos, e nunca pensei que poderia conversar assim com uma pessoa que eu conhecesse. K. e eu sempre pensamos que as únicas conversas verdadeiras que podemos ter na vida são com desconhecidos, à noite. De dia não existe anonimato, e se de repente começamos a falar com as pessoas, somos vistos como uma aberração, provavelmente um desses malucos da Bíblia, mas todas as noites há uma hora em que os discípulos de Jesus estão todos escondidos num lugar seguro e as diferenças não importam mais. Para mim essa sempre foi a única intimidade verdadeira, essas eram as únicas pessoas com quem podia compartilhar coisas. As pessoas que conheci no ponto de ônibus, à noite, as pessoas sentadas nos bancos vazios, as mulheres tristes que vendiam doces e cosméticos na porta dos banheiros de boates e bares. Essas foram as únicas pessoas reais que conheci nesta cidade, onde todo mundo está embrulhado em camadas impenetráveis de medo e ambição e todas as nossas tentativas de comunicação acabam em solidão. Pessoas tão vazias que parecem ter sugado todo o ar que restava, atrofiando nossos pulmões com sua existência sem sentido. Mas com desconhecidos é diferente; a gente pode ficar triste na frente deles. O senhor tem isso também, dr. Seligman? Não consigo ficar triste na frente de pessoas que conheço; existe um mecanismo que me permite funcionar sempre, e acredite quando digo que costumo agir movida por um sentimento profundo de tristeza e aflição. Se tivéssemos de esperar até a escuridão tênue da madrugada, até algum momento entre as três e as quatro, o senhor conseguiria ver ele brilhar através de tudo, dr. Seligman: o rosto enterrado debaixo de todas essas piadas. K. sempre gostou da ideia de que só uns poucos desconhecidos nesta cidade soubessem de tudo, soubessem que às vezes ele chorava feito criança e de onde provinha este alfabeto do medo, de qual gaveta de sua vida. Que, sem revelar nosso rosto e nosso nome, carregamos segredos mútuos que guardamos noite adentro como se fossem luminares, pedaços preciosos que nos unem, que fazem com que a gente se reconheça como humanos nesses momentos efêmeros que se tornaram tão raros. Quando voltamos para casa depois dos nossos passeios noturnos, dr. Seligman, os segredos brilham em nossas mãos, pequenas criaturas frágeis das quais cuidaremos até que possam voltar à vida. Gostaria que K. pudesse continuar sendo um desconhecido para mim, queria poder chamar algum segredo dele de meu e sentir K. brilhar ao meu lado no escuro.

Não lembro se falei do mecanismo do Menino Jesus. Tenho o hábito terrível de me repetir; é um dos muitos maus hábitos da minha mãe, não consigo evitar. Ainda não mencionei? Bem, lá onde os meus avós moravam existe uma igreja, e nessa igreja existe uma máquina, como aquelas de refrigerantes, ou de jogos, mas de vidro, então dava para ver exatamente o funcionamento da engenhoca. Se a gente pusesse dez fênigues na ranhura, aparecia um Menino Jesus pequenininho, que dava uma volta em círculo e nos abençoava. Não lembro se o Menino Jesus acenava, mas lembro que ele deslizava sobre trilhos, e sempre pensei que devia ficar cansado no fim do expediente. Absolvia todos aqueles nazistas, velhos e jovens, e ganhava menos que a prostituta mais barata. Provavelmente tinham de azeitar ele de vez em quando ou chamar um mecânico quando entrasse em greve ou um dos seus membros ficasse preso numa posição indecente. Quando a auréola caísse. O senhor sabe, dr. Seligman, dizem que ninguém quer fazer o mal, que somos condicionados pelas circunstâncias e pela falta de discernimento, pela nossa *Unverstand*, então talvez devêssemos perdoar esse Menino Jesus por ter abençoado toda aquela gente, por não ter ateado fogo a si mesmo ou arremessado suas rodinhas em protesto cada vez que aquelas pessoas enfiavam o dedo em sua pequena ranhura. Por tornar tudo tão simples: uma volta rápida e todos os seus pecados desapareciam. Conhecendo a Igreja católica, provavelmente nem era preciso aparecer por lá, bastava mandar alguém no lugar. Com certeza não fazia diferença, contanto que se mantivesse o Menino Jesus em movimento. A absolvição sempre foi uma questão de classe, então muitas vezes me perguntei, quando voltava para casa com minha mãe e meus avós, como seriam as coisas para o Menino Jesus à noite, completamente sozinho na igreja escura, se ele se arrependia de seu amor barato e de todo aquele perdão universal, se de vez em quando tentava alcançar as velas para os mortos e causar um estrago. Pensando bem, não vejo por que teria se importado. A mãe dele nunca teve que transar com ninguém para que ele fosse concebido; até onde sabemos, ele estava feliz com o próprio pau; e não devia pagar aluguel. O que mais podia querer? Mas naquela época não me deixavam fazer piadas sobre ele; minha mãe gostava muito daquela maquininha e antes de ir lá sempre se certificava de que levava a quantidade certa de moedas. Aprendi a respeitar essa devoção com o mesmo instinto que nos impede de rir de um animal indefeso, muito antes da minha avó mencionar por acaso que o bebê na caixa de vidro lembrava à minha mãe aquele outro filho que eles tiveram antes de mim, o que nasceu morto, para quem tinham comprado papel de parede azul, e que estava enterrado em algum lugar lá perto. Minha avó havia chegado àquela idade em que era desnecessário discorrer sobre coisas, e eu era muito pequena para fazer perguntas, então continuamos descendo o morro. A Sol ainda não estava pronta para terminar o dia.

Costumava pensar que não importava quem era a nossa família, que a gente podia botar qualquer foto na parede e pronto. Nenhum desconhecido saberia que havíamos comprado aqueles parentes num mercado de pulgas, que vieram com a moldura e que só éramos preguiçosos demais para tirar aqueles retratos dali. Quando minha avó falou do meu irmão morto, dr. Seligman, nem me importei. Ou, pra ser muito sincera, enquanto descíamos aquele morro, fiquei feliz que tudo o que restava dele estivesse escondido dentro da máquina do Menino Jesus, dentro de uma igreja católica distante administrada por monges poloneses obscuros que a certa altura foram contratados. Era feliz em ser a única e sempre tive muito ciúme daquele outro irmão, que eu havia começado a chamar de Emil. Mais um exemplo de ódio a uma coisa que não existe. Não conseguia deixar de pensar como seria a vida se Emil estivesse lá, se estivesse sentado à mesa conosco, como ele seria fisicamente. Se seria bonito. Porque por mais que eu ficasse feliz que o Menino Emil estivesse guardado naquela caixa de vidro, aos cuidados daqueles monges estranhos, nunca achei que ele pudesse ser feio. Sempre achei que seria um daqueles meninos magros e elegantes, com os olhos muito azuis e uma pele que ficaria dourada se tomasse sol. Um rosto muito além de toda essa conversa sobre o masculino e o feminino, um rosto que os gregos antigos teriam admirado. Durante muitos anos senti que eu não passava das secundinas, de um infeliz monte de células juntado às pressas para parecer uma pessoa. Eu me sentia as sobras do dr. Frankenstein. Tenho que admitir que passei muitos momentos odiando esse irmão, que nunca lamentei sua morte, e que certamente nunca pensei nos sentimentos da minha mãe, nem do meu pai, se é que havia tal coisa. Até parei de visitá-lo; deixei que o pó se acumulasse em sua caixa de vidro, esperando que os primeiros pontos de ferrugem atacassem as rodas, a primeira rachadura estremecesse os alicerces transparentes. Mas o senhor sabe, dr. Seligman, é impossível caminhar em linha reta com uma venda; não importa quanto a gente tente, vai acabar andando em círculos e provavelmente voltando para onde começou. Quando não penso na minha vida como uma bola de basquete que bate na cesta e me atinge o rosto, penso nela como uma dessas caminhadas de olhos vendados, como alguém que sempre tentou andar em linha reta porque não conseguia ver nada e ninguém se prontificou a dizer que era impossível. Que enquanto me recusasse a ver, eu continuaria a voltar a mim mesma, à minha própria desordem, à catástrofe da minha existência patética. Agora está muito claro para mim, aqui, deitada, que se passei tantos anos odiando um bebê morto dentro de uma caixa de vidro não foi por querer dividir minha comida ou o mísero afeto dos meus pais, as tentativas canhestras que meu pai fazia de criar laços comigo, consertando coisas que não estavam quebradas, e o desejo da minha mãe de ver sua vida acontecer no meu rosto, a interferência contínua no meu corpo, os dedos ajeitando meu cabelo quando eu já havia passado da idade. Ainda sinto seus dedos no meu crânio. Preferiria ter dividido aqueles momentos incômodos em resorts familiares, a decepção deles com minha falta de popularidade e as muitas vezes que tentaram me fazer abraçar atividades físicas. O senhor deve ser velho demais para a sua mãe ter lhe arrastado a uma aula de *bodyattack*, dr. Seligman, uma das muitas razões pelas quais conserva a dignidade. Mas posso dizer que a minha luta era real, que eu estava muito ocupada, muito desesperada em odiar meu irmão morto, Emil, não porque fosse incapaz de compartilhar, mas porque eu me odiava e tudo o que eu queria era ser ele. Não ser como ele, mas ser ele. Não porque achasse que meus pais o tratariam melhor, mas porque ele era um menino, o menino que eu sempre quis ser, e morria de ciúme de que ele tivesse tido a oportunidade de nascer com essa correção, que isso pudesse ser tão fácil, e, no entanto, era eu e não ele que tinha que levar esta vida miserável. Por isso decidi adotar o nome dele, dr. Seligman, para libertar meu irmão da caixa e dar a ele a oportunidade de viver um pouco da vida que nunca chegou a ver. Embora eu nunca vá ser tão bonita quanto ele, mesmo que nunca me mova com a graça das pessoas intermediárias, acho que é a coisa certa a fazer. Assim que acabar aqui, vou pegar ele naquela igreja e levar pra casa comigo. Espero sinceramente que já não seja um artefato religioso, assim será libertado da caixa e das rodas e acomodado num dos poucos cantos ensolarados do meu quarto, ao lado das minhas flores e dos meus livros, onde ele nunca mais vai ter que abençoar ninguém nem servir de substituto para sonhos despedaçados. Eu realmente espero que ele me perdoe por ter demorado tanto, por não ter percebido que o meu outro lado poderia ser o meu irmão, por não ter entendido que são necessárias muitas mentes para ser bonito.

Então o senhor não precisa se sentir um assassino, dr. Seligman, porque na verdade não está me matando, nem matando a minha vagina, só está criando espaço para o Emil se mudar para cá também. Assim vamos compartilhar a herança que a minha mãe não deixou meu pai usufruir depois da morte do meu avô, no ano passado, libertando-o do peso de ser o filho favorito. A herança que meu pai depois me deixou numa pilha de papéis ilegíveis sem dizer a ela, a propriedade até então intocada do meu bisavô, o que me tornou a sua filha até o fim dos tempos. A descendente favorita de um morto. Como os segredos são mais fortes que o sangue, preciso de um irmão para poder resolver isto. Então vamos adotar o nome dele, porque sempre odiei o meu e porque acho que Emil merece isso depois de todos esses anos de orações e nazistas e velhas malcomidas. Espero que ele não tenha tido que testemunhar muitas obscenidades quando os monges estavam sozinhos. Mas eu me pergunto se o senhor às vezes se sente o dr. Frankenstein, dr. Seligman: tem a sensação de estar criando monstros? Sei que é isso que muitas pessoas sentem com relação a pessoas como eu, e acho que elas têm razão sobre estarmos do lado de fora olhando para dentro, conseguirmos ver o que está por trás das atitudes delas e sabermos de todas as suas mentirinhas. Acho que é isso que nos torna tão feios aos olhos delas; o conhecimento deixa as pessoas feias, e deve ser por isso que pensamos que é mais fácil transar com pessoas burras, que elas são mais comíveis: não estão contaminadas pelo óbvio e, assim como os animais, estão mais em contato com o próprio corpo. Oficialmente, claro, isso é considerado ruim, pelo menos foi o que percebi das reclamações que a minha mãe fazia sempre que eu me sentava de pernas abertas, da minha incapacidade de sentar direito, porque nunca entendi como é que havia duas maneiras de sentar, para pessoas com e sem pau. Vira e mexe eu compreendia errado, porque na verdade as meninas têm menos a esconder que os homens, e eu ficava confusa, mas isso foi antes de entender que um pau é uma espécie de espada, um objeto de orgulho e comparação, enquanto a vagina é uma coisa fraca, que mal pode ser confiada à proprietária. Uma coisa que sempre será a parte a ser fodida, que pode ser estuprada e engravidada e levar vergonha a um lar e a uma família. Uma coisa que precisa de proteção sem que nem ao menos se questione essa necessidade de proteção, porque as ruas não são seguras à noite e as meninas de cabelo curto parecem meninos, e não o contrário. Sempre achei tudo isso terrivelmente confuso e muitas vezes pensei que talvez os paus é que deveriam ser escondidos, que deveríamos proibir a arma e não a ferida. Mas, enfim, acho que os corpos sabem das coisas muito antes das mentes, dr. Seligman; eles vão ter palavras escritas neles muito antes que as línguas consigam encontrá-las e os dentes possam rasgá-las nos espaços vazios entre a gengiva. Em alguns casos, as palavras podem levar anos para seguir nosso corpo, para dizer o que já havia sido dito. к. sabia disso tudo, havia pintado tantos corpos que conseguia lê-los, conseguia entender meus movimentos, sabia por que eu nunca podia caminhar com sapatos apertados ou ser simpática como as meninas devem ser. Ainda que meu corpo às vezes fosse um segredo e demorasse um pouco para se revelar, um dia ele acabaria vendo que este unicórnio tinha mais de um rabo. Ele deve ter entendido o que significou quando parei de me depilar lá embaixo, quando deixei minha vagina ficar enterrada debaixo daquele pelo escuro que as mulheres não devem ter e mantive limpa apenas a área ao redor do meu outro buraco. Deve ter entendido o que meu corpo tentava dizer quando de repente apareceram pelos ao redor dos mamilos e minhas mãos começaram a agarrar к. com uma nova firmeza, quando de repente lhe dava um tapa em nossos momentos finais de abandono. Ele deve ter entendido, não acha, dr. Seligman? Que não foi meu coração o culpado. Ele sempre dizia que as cores chegaram depois do afogamento, dr. Seligman. As cores que к. pintava eram as que ele via quando fechava os olhos à noite, círculos e linhas brilhando e zumbindo no escuro, que estavam e não estavam lá, sempre inalcançáveis e perfeitas demais para serem produto da sua imaginação. As cores apareceram depois que ele quase se afogou na piscina da tia quando era pequeno, depois de pensar que o azul, esse azul que sempre associamos a uma vida melhor, a cor das férias que nunca tivemos, do frescor com que sonhamos em momentos sufocantes, seria a última coisa que veria. Mais tarde começou a pensar que esse foi o momento em que virou pintor, o momento em que seu primo tentou afogá-lo ao lhe mostrar a vida debaixo d'água, quando к. aprendeu que a violência nos une mais que tudo, e que nada é mais violento que o corpo de uma criança de cinco anos. É como quando a gente aprende a diferença entre ser atingido por uma mão espalmada ou por um punho; nunca vamos nos esquecer disso. Todos conhecemos a cor de uma piscina, seus cheiros e o gosto da água, então mais uma vez o trauma de к., o modo como a vida havia escolhido moldá-lo e o uso que ele fez disso tinham um caráter bastante público. Naqueles momentos ele me lembrava essas plantas estranhas que as pessoas descartam nos bosques para não pagar pela coleta dos resíduos de seu jardim, essas plantas que claramente não fazem parte daquele lugar e que insistem em florescer apesar do entorno hostil. Elas não desaparecem simplesmente por não pertencer ao lugar. к. era exatamente assim: não se importava se a maioria das pessoas não gostava dele, se o achava arrogante e sabia que ele provavelmente estava traindo a mulher, se o considerava um artista ridículo com muita presunção e pouco talento, uma criança mimada, um mau pai e um hipócrita. Ele não se importava, dr. Seligman; simplesmente continuava florescendo e se recusava a se rebaixar diante daqueles animais ordinários e suas cores ordinárias. K. sempre escolheu como ver a si mesmo, e sempre o amei por isso. Um abelhão que não sabia que, de acordo com as leis da mecânica, seria incapaz de voar.

O senhor gosta de quartos de hotel, dr. Seligman? Sempre admirei aquelas superfícies brilhantes, e acho que se tivesse escrito um livro ele teria sido sobre quartos de hotel. Adoro a ideia de um espaço onde a vida real não importa mais e o tempo deixou de existir. São como aeroportos, só que a gente pode ficar nu e não precisa fingir que é um passageiro frequente ou que nosso emprego nos permite viajar pelo mundo. Nesse sentido quartos de hotel são muito mais anônimos, e os lençóis costumam ser frescos o suficiente para causar uma leve euforia, e embora eu sentisse falta das cores do ateliê, gostava de encontrar K. naqueles espaços vazios. Parecia muito mais que eu estava com um desconhecido, e acho que todo mundo deveria se servir deles de vez em quando. O senhor leva sua mulher ou os sete nazistas para um quarto de hotel às vezes, dr. Seligman? Ou talvez leve ambos? Acho que deveria; há alguma coisa naquela reclusão no desconhecido que nos excita no bom sentido, e isso sempre me deu uma ideia sobre o tipo de sexo que as pessoas devem ter feito nos bunkers durante a guerra. Talvez seja isso que K. e eu éramos, duas pessoas tentando escapar, por meio da foda, dos apocalipses que levavam dentro de si, do medo daquilo com que nosso corpo não conseguiria lidar sozinho. Às vezes acho que é por isso que as pessoas secretamente desejam as guerras; não só para poder torturar seus descendentes com histórias de corpos mutilados e de como tinham de comer casca de batata, mas principalmente porque podem fazer sexo de verdade outra vez, e não aquela coisa domesticada que a liberdade e a paz têm a oferecer. Mas ainda que tivéssemos o cuidado de ir sempre a um hotel diferente, dr. Seligman, não conseguimos continuar sendo desconhecidos. Pensando bem, tenho certeza de que K. me disse de onde ele era, mas esqueci, ou queria esquecer, para protegê-lo do inevitável. Mas o inevitável chegou, e, como K. só conseguia dormir com as luzes acesas, não consegui fingir que não ouvi nem vi a coisa acontecer, que ele não disse aquelas palavras que não devem ser ditas a alguém como eu, um gato que late. É como pedir a alguém que não morra, como falar usando uma daquelas construções gramaticais impossíveis. Mas ele disse mesmo assim, dr. Seligman. Depois de abrir seus belos olhos verdes no meio da noite, ele disse: Fique comigo sempre. Antes que eu pudesse responder qualquer coisa, ele havia adormecido de novo, aquele sono pesado que nada é capaz de perturbar. Um sono de criança. Não que K. não fosse um homem bom; ele não era o tipo de homem que a gente imaginaria enfiando o dedo numa galinha morta ou que ficaria assistindo de forma agressiva os créditos no final de um filme. O tipo de homem que se orgulha do cheiro da própria merda. Ele era o tipo de homem que minha mãe teria acolhido sob o chuveiro, e o que mais se pode pedir? Nós todos só queremos trepar onde nossos pais já estiveram, e não me importava que ele fosse casado e tivesse filhos e tudo o mais. Essas coisas não significam nada pra mim, e espero que ele tenha entendido que eu não tinha encaretado de repente e que o Emil teria ficado com ele até o fim dos tempos, mas a pessoa que ele desejava já tinha deixado de existir havia muito tempo. Que ele tinha estado com um fantasma, e como um fantasma eu desapareci daquele quarto enquanto ele ainda dormia, o que na verdade é como matar alguém que está de olhos fechados. Agora, sempre que lembro disso, sinto que tinha o sangue dele nas mãos enquanto fechava a porta — não as suas cores, não a púrpura que ele havia escolhido para mim —, que meus dedos estavam molhados e pegajosos do sangue dele. Como alguém que tivesse acabado de envenenar seu cachorro e tivesse que sair do quarto porque não aguentava olhar para aqueles olhos outra vez. Eu me senti o pesadelo de alguém, dr. Seligman, e nunca sei quanto tempo preciso olhar fixamente para uma ferida antes que ela pare de sangrar. No entanto, ao caminhar por aquele corredor de manhã cedo, alguma coisa estava diferente, e quando cheguei à recepção não consegui deixar de sorrir para o primeiro rosto que vi. Foi então que tive certeza de que ela havia ficado lá dentro com k. e Emil tinha vindo comigo. Que estávamos finalmente a salvo.

Quando eu era mais nova e ainda morava na Alemanha, dr. Seligman, certa vez vi um documentário sobre uma jovem que era alérgica a tudo. Ela passou a vida numa casa com quartos muito iluminados, mas sem janelas, porque era alérgica até mesmo à Sol. A pele ficava vermelha e cheia de bolhas ao menor toque de um raio solar, então ela vivia como uma rainha da neve, coberta pela escuridão eterna, invisível ao olho humano. Mas, como ela não era uma criatura de contos de fadas, e até mesmo o dr. Jivago precisou comer alguma coisa na sua casa de gelo e certamente foi ao banheiro, a vida era um suplício. Porque embora tenham encontrado roupas brancas para cobrir a sua pele, ela não podia comer nada sem passar mal, não havia nada que não a fizesse ter ânsias de vômito e se engasgar e inchar. Como um animal de estimação cujas demandas vitais tivessem se tornado intoleráveis, seus pais às vezes pensavam em pôr um fim ao sofrimento dela — ou ao deles, dependendo do ponto de vista —, até que um dia um dos vizinhos chegou na porta da casa com um esquilo morto. Um esquilo vermelho, dos bons, não um dos esquilos cinzentos que acabamos considerando apenas um pouco melhores do que ratos porque roubam a comida dos pássaros e desenterram os bulbos das flores. O vizinho não era jovem, não era um possível pretendente para a noiva solitária, então eles entenderam que ele tinha agido por bondade. Esfolaram a pequena criatura e descartaram o rabo peludo, e em seguida ferveram o pouco de carne que ele tinha para oferecer. Disseram a ela o que era, e ela não se importou; comeu, e não aconteceu nada. Seu corpo continuou calmo, como quando o senhor ou eu comemos uma dessas uvas que a sorte nos entrega. Foi como um milagre, e, ao contrário de alguns dos primeiros colonos americanos, que morreram por não terem comido nada além de coelhos, muito antes que nossas cinco porções de frutas e vegetais ao dia nos salvassem, ela viveu feliz à base de esquilos. O vizinho saía para caçar pra ela todos os dias, mas, como o sistema imunológico dela era muito frágil e os desconhecidos e seus germes ofereciam todo o tipo de riscos, ele nunca chegou a vê-la, nunca atravessou a porta da casa onde os pais recebiam o precioso butim. Mesmo assim continuou caçando, e sempre que o esquilo era jovem e tenro, a língua dela se deleitava e seu coração transbordava de tanta gratidão.

Gosto de imaginar que, passado algum tempo, ela pediu que guardassem os rabos, que decorou o quarto com pele de esquilo vermelho e que, já que eram as únicas coisas que ela e o misterioso caçador tinham tocado, e nada é mais sexy do que um desconhecido, começou a brincar com os rabos. Cada rabo era um novo encontro; a parede, um mapa de seus orgasmos; tímidos e suaves no início, até que se tornaram barulhentos e ávidos e ela começou a brincar com vários rabos ao mesmo tempo e a sentir comichão suficiente para trepar com a parede. Mas isso, claro, é só a minha mente divagando, dr. Seligman, e tenho certeza de que nada disso aconteceu, que os rabos foram descartados da forma mais respeitosa possível e que, no fim, ao mantê-la viva, o amor dele não fez nada além de aumentar o sofrimento dela, enquanto aquele outro amor — o dos pais — provavelmente a teria matado antes que ela pudesse sentir a primeira ruga na testa. Deve ser por essa razão que gosto de pensar nessa história, não tanto por causa da masturbação com os rabos de esquilo, mas pelo que diz sobre o amor, que na verdade é uma busca egoísta, sobre como é irresponsável deixar alguém se apaixonar por nós e, no entanto, sobre como é impossível evitar isso. Porque mesmo que a gente se enterre num quarto sem janelas e se declare alérgico ao mundo inteiro, alguém vai encontrar uma maneira de pôr o coração debaixo do nosso pé. Levei tanto tempo para entender isso, mas, enfim, como é que eu podia saber que os homens também morrem por causa de um coração partido? Sempre pensei que isso só acontecesse com as mulheres.

O senhor acha que neva sobre o mar, dr. Seligman? Agora está quase escuro lá fora, e muitas vezes, quando acordo à noite e não consigo dormir, penso nessa imagem. Não concorda que é a perfeita representação da inocência? Aqueles lindos flocos brancos de neve caindo do céu noturno, em silêncio, do firmamento, com o seu azul sagrado e toda a sua glória celestial, dançando na brisa sobre as águas, roçando uns nos outros com aquela leveza divina que só as asas de um anjo poderiam imitar, um pouco antes de serem engolidos por aquele mar escuro de sujeira e dejetos tóxicos, uma enxurrada de criaturas moribundas. Prestes a desaparecer, apenas um segundo antes de serem incorporados a essa grande massa de diferentes camadas de escuridão que não diferencia seus componentes, seus habitantes. Onde tudo e todos têm de engolir a mesma quantidade de sujeira e doenças, dia após dia. Ainda assim, dizem que são todos diferentes, não é, dr. Seligman? Que cada floco de neve tem os cristais únicos, e portanto eles são, em muitos aspectos, parecidos conosco. Alguns têm a sorte de nascer em belos cumes de montanhas, em grupos grandes o suficiente para enterrar debaixo de si grupos inteiros de turistas alemães com seus horrorosos equipamentos de montanhismo. Outros caem no jardim das pessoas, onde são amontoados para parecerem bonecos de neve, e têm pequenos paus cor de laranja, feitos de cenoura, e outros, como eu, caem naquele mar de escuridão sem outro propósito real que não prolongar e piorar nossa existência miserável, e apenas alguns poucos, muito seletos, conseguem cair naquelas regiões em que são recompensados com a eternidade. Esses flocos de neve especiais que ainda estarão aqui muito tempo depois que o senhor e eu tivermos morrido, dr. Seligman. Tenho certeza de que a própria Rainha da Neve os poliu à perfeição, que existe uma razão intrínseca para seu brilho imortal, que não pode ter sido apenas o acaso.

Então eu nunca me preocupei com a inocência, dr. Seligman, e nunca acreditei nela, porque a minha fração de segundo era muito curta para fazer de mim qualquer coisa além de um monstro, e ao longo dos anos me acostumei com o fato de não conseguir ver minhas próprias mãos à noite, com o conforto de não ter que manter meus dias limpos. Será que o senhor já ficou entediado ou se sentiu sozinho no cume da sua montanha, dr. Seligman? Tem uma caverna secreta para os seus vícios? Mas enfim, como judeu, o senhor vai para o céu de qualquer maneira, então não precisa se preocupar. Quando olhar aqui pra mim, lá da sua nuvem fofa, cercado de molduras, e me vir arrastando o Martin, o meu robô sexual semiautomático, de quarto em quarto de hotel, usando esse belo pau que o senhor me deu de maneiras que talvez lhe pareçam mal-intencionadas, olhe para mim lá de cima com bondade. Bondade verdadeira, não aquele tipo egocêntrico de bondade com que Jason tentou me matar. Porque ele também não foi visto pela primeira vez no cume de uma montanha, tenho certeza de que primeiro caiu num esgoto e passou metade da vida lambendo a sujeira para se limpar, mas se olharmos suficientemente de perto, sempre conseguiremos ver alguma merda brilhando sob seus cristais polidos. Não sei quanto ao sr. Shimada; não o conheço e não sei como são os flocos de neve no Japão. Imagino que, de certa forma, mais bonitos, mas para ter uma mente como a dele em algum momento as pontas devem ter tocado alguma coisa que não era branca. Como K. Quando penso em K. agora, vejo todas as cores do arco-íris refletidas nele, brilhando por um instante antes de ele se afogar outra vez, um pequeno diamante iluminando a escuridão da qual jamais conseguiu escapar. Então lamento por ele, porque sei que nunca pressentiu seu destino, que sempre pensou que seus cristais estivessem destinados àquelas regiões mais altas, que tinham sido tocados pela Rainha da Neve e que alguma coisa deve ter dado errado quando se sentiu dissolver entre as ondas indistintas. Que de alguma maneira sua vida havia sido um grande erro e que nem mesmo sua morte teria feito alguma diferença, que já era tarde demais para tudo. Que sempre tinha sido tarde demais. Não acho que alguém tenha se afogado tantas vezes quanto K., então não me sinto responsável pela última vez que ele se afogou no ar frio do inverno. Quando por fim voltou ao jardim dos pais e confessou seu amor por aquela árvore, cujos galhos, com o passar dos anos, tinham se tornado fortes o suficiente para carregar seu corpo sem vida pela luz fraca de um dia de inverno. Não posso ser responsabilizada por isso, dr. Seligman; não somos o destino de ninguém, e não fui eu quem plantou aquela árvore diante da sua janela e projetou aquela sombra sobre sua infância, não fui eu quem o ensinou a ter medo do escuro. Mas sou eu quem ainda consegue sentir suas cores na pele, dr. Seligman. Ainda consigo sentir a diferença entre os vários tipos de púrpura, e gostaria de ter sabido, naquela época, que as cores têm história e que a púrpura é a cor do luto e da tristeza, e que κ. sempre me cobriu com a própria tristeza, e que agora eu levo sua dor comigo, porque não acredito que a gente possa realmente lavar as mãos, ou a pele. Alguma coisa terá entrado em nosso organismo antes de conseguirmos chegar à água, e as nossas veias vão se enchendo devagar com as nossas histórias e a sujeira mútuas, as cores e os gritos mútuos; levamos os corações partidos sob a pele, até que um dia eles bloqueiam tudo e estancam o fluxo do nosso sangue, e tudo explode num momento final de desespero.

Somos os pecados uns dos outros, dr. Seligman, e antes que o senhor tire suas luvas e eu me levante desta cadeira, antes que eu vista minhas calças de novo e finalmente possa ver as suas sete molduras, antes que o senhor veja o meu rosto de novo, quero lhe contar sobre o meu bisavô, porque acho que o senhor deveria saber de onde vem o dinheiro para este tratamento. Ele não era um nazista famoso, não era um de seus sete favoritos, o que nos tornaria quase parentes, unidos pelo sangue e pelas perversões. Nem tenho certeza de que fosse um nazista de verdade; não cheguei a conhecê-lo, e não podemos confiar nas histórias de nossos parentes. Tudo o que sei é que ele era chefe de uma estação ferroviária e morava com a mulher e os sete filhos no andar de cima da estação numa cidadezinha na Silésia, e que, como as coisas estavam indo bem, ele comprou um pedaço de terra para cada um dos sete filhos, para que eles construíssem uma casa quando fossem adultos e vivessem felizes com a própria família, com seus muitos filhos correndo por lá e roubando bolos dos armários das suas muitas tias. Mas ninguém construiu nada naquela terra; eles foram deslocados no fim da guerra, e se o senhor fosse lá agora encontraria um pequeno bosque no meio de uma cidadezinha polonesa, o lar do Bambi e amigos, um pedaço de natureza preservada das garras malévolas da civilização. Com abelhas, e flores silvestres, e corujas à noite. Quase romântico, o senhor poderia dizer, e, se quisesse fazer um passeio, não tenho certeza quanto tempo teria que caminhar até lá, mas antes do pôr da sol chegaria a Auschwitz, ou ao que resta de lá, a base de tudo o que somos hoje. Mas meu bisavô não trabalhou em Auschwitz, ele era um homem devoto, um católico que abominava o uso de armas e que teria se recusado a semelhante dever. Era apenas o chefe da última estação de trem antes de Auschwitz, onde os trens costumavam pernoitar, e de onde ele se certificava de que não haveria congestionamentos, que tudo iria funcionar da melhor maneira e os trens vazios poderiam voltar sem tropeços. Ele não quis fazer mal, e quando penso nele, dr. Seligman, vejo um homenzinho parado numa plataforma, usando um uniforme arcaico com chapéu, quase enternecedor aos olhos modernos, e olhando para aqueles trens e todas as mãos que saem daquelas janelas indignas no alto, e vejo neve, dr. Seligman, flocos de neve pousando nos dedos dele, enviados pela Rainha da Neve, frágeis momentos de eternidade caindo do céu como anjos com as asas cortadas, com sua graça sumindo no momento em que os corpos se encontravam. Vejo neve caindo no chapéu do meu bisavô, em seus ombros, no chão diante dele, e sinto seus pés querendo ir para casa, mas ainda faltam muitas horas e a neve continua caindo, como os flocos de neve diante da sua janela. Caem ao som de motores que anseiam por movimento, até que as mãos lentamente se tornem invisíveis a olho nu e seus pés se esqueçam do calor que um dia conheceram. Até que por fim os bosques cresçam sobre tudo o que é sagrado, e que seus galhos apanhem os anjos antes de tocarem o chão. Até que a Sol abra as pernas em sinal de rendição, e sejamos governados por um Lua exânime.

E agora, transformemos este corpo em outra coisa.

Uma centelha de fogo no céu.

Vamos embora deste lugar, antes que os palhaços o invadam.

Sejamos como o ouro, dr. Seligman.

Mudemos de forma ao longo dos séculos, mas nunca desapareçamos.

Vamos nos dar as mãos.

Estejamos prontos para a guerra.

Agradecimentos

A Joachim, por me transformar numa escritora francesa.

A Jean e Olivier, por permitirem que isto acontecesse.

A Heidi e Chris, por transformarem isto num assunto internacional.

A Tamara e Lauren, por me receberem tão bem.

A Jacques, Joely e Clare, da editora Fitzcarraldo, por tornarem o azul a minha cor favorita.

A Amy e todo mundo da Avid Reader Press, pelo sonho americano.

A Jane, pelo dia em Brighton.

A Laurence, por me dar todo aquele espaço para crescer.

(E pelos vídeos de pandas.)

A T., por ir comigo comprar artigos de papelaria de unicórnios.

A Tash, pelo piercing.

A Sam, por ser a melhor louca do glitter.

À bela Miriam, por todo o apoio.

A Stephen, por ser Stephen.

A Peter, por provar que os alemães podem ser divertidos.

A Nick, por ser o nosso Urso, e a Paul, pelo apartamento em Berlim.

A Florian, pela amizade.

A Derya, pelas conversas.

A Marya, por não me ensinar matemática.

A Matthew, por mais de uma década de chá, bolos e lágrimas.

A Remí, por me ensinar francês.

A Gatta e Myshkin, por me lembrarem que a maioria dos objetos é supérflua.

A meus pais, por me trazerem para este mundo.

A Maurizio, por tudo.

FSC
www.fsc.org
MISTO
Papel produzido
a partir de
fontes responsáveis
FSC® C011095

A marca FSC® é a garantia de que
a madeira utilizada na fabricação
do papel deste livro provém de
florestas gerenciadas de maneira
ambientalmente correta, socialmente
justa e economicamente viável e de
outras fontes de origem controlada.

Copyright © Éditions Grasset & Fasquelle, 2020
Copyright da tradução © 2022 Editora Fósforo

Todos os direitos reservados. Nenhuma parte desta obra pode
ser reproduzida, arquivada ou transmitida de nenhuma forma
ou por nenhum meio sem a permissão expressa e por escrito
da Editora Fósforo.

EDITORA Rita Mattar
EDIÇÃO Maria Emilia Bender e Eloah Pina
ASSISTENTE EDITORIAL Cristiane Alves Avelar
PREPARAÇÃO Ibraima Dafonte Tavares
REVISÃO Anabel Ly Maduar e Rosi Ribeiro
DIREÇÃO DE ARTE Julia Monteiro
CAPA Gabinete Gráfico
PROJETO GRÁFICO DO MIOLO Alles Blau
EDITORAÇÃO ELETRÔNICA Página Viva

Dados Internacionais de Catalogação na Publicação (CIP)
(Câmara Brasileira do Livro, SP, Brasil)

Volckmer, Katharina
A consulta : (Ou A história de um pau judeu) / Katharina Volckmer ; tradução Angélica Freitas. — São Paulo : Fósforo, 2022.

Título original: The appointment. Or The story of a Jewish Cock.
ISBN: 978-65-89733-57-7

1. Ficção alemã I. Título.

22-100237   CDD — 833

Índice para catálogo sistemático:
1. Ficção : Literatura alemã   833

Eliete Marques da Silva — Bibliotecária — CRB/8-9380

Editora Fósforo
Rua 24 de Maio, 270/276
10º andar, salas 1 e 2 — República
01041-001 — São Paulo, SP, Brasil
Tel: (11) 3224.2055
contato@fosforoeditora.com.br
www.fosforoeditora.com.br

Este livro foi composto em GT Alpina e
GT Flexa e impresso pela Ipsis em papel
Pólen Bold 90 g/m² da Suzano para a
Editora Fósforo em março de 2022.